W0315393

tout
doit disparaître

Collection animée par
Soazig Le Bail et Charlotte Goure.

Poème de Erri de Luca, *Valeur*,
reproduit avec l'aimable autorisation des éditions Seghers.

© ÉDITIONS THIERRY MAGNIER, 2007
ISBN 978-2-84420-568-1

Loi n° 49-956 du 16 juillet 1949 sur les publications destinées à la jeunesse
Maquette : Bärbel Müllbacher

tout doit disparaître

Mikaël Ollivier

Roman

Illustration de couverture
de Claude Cachin

EDITIONS THIERRY MAGNIER

Alternant les romans pour la jeunesse et pour les adultes, les scénarios pour la télévision et le cinéma, les polars, les comédies, les récits intimistes ou futuristes, Mikaël Ollivier, plus qu'écrivain, se dit raconteur d'histoires.

Littérature jeunesse

Celui qui n'aimait pas lire, éd. de La Martinière jeunesse (coll. Confessions), 2004.

Aux éditions Thierry Magnier

L'Alibi (coll. Roman), 2008.

Hier encore, mon père était mort (coll. Roman), 2006.

Le Grand Mystère (coll. Petite Poche), 2006.

Frères de sang (coll. Roman), 2006. (Prix de Sucy 2007 ; Prix Encre Noire 2006 à Caen ; Prix Roman Jeune 2004 à Laval ; Prix Fiction Noire 2004 ; Prix Romanphile 2004 ; Prix des collèges du Territoire de Belfort 2004)

Jack est là (coll. Petite Poche), 2005.

Sous le même signe (coll. Roman), 2005. (Prix Croque Livres 2007)

Peau de lapin (coll. Petite Poche), 2004.

E-den (coll. Roman), avec Raymond Clarinard, 2004. (Prix de la NRP 2004 ; Prix du Festival du livre de jeunesse de Cherbourg-Octeville 2005 ; Prix Sésame 2005 ; Prix Livre d'Or des jeunes lecteurs valenciennois ; Prix du printemps des lecteurs 2005 à Narbonne ; Prix Dunois 2005 ; Prix François-Rabelais 2005 ; Prix L'Été du livre à Metz 2005 ; Prix des lecteurs de Sablé-sur-Sarthe 2006 ; Prix des collégiens de Beauvaisie 2007)

T'es un grand garçon maintenant (coll. Petite Poche), 2003.

Mange tes pâtes ! (coll. Petite Poche), 2003.

Star-crossed lovers (coll. Roman), 2003. (Prix du Roman miroir 2003 ; Prix J'ai lu J'élis 2004 ; Prix de la ville de Bruxelles 2004 ; Prix Farniente 2005)

Vivement jeudi ! (coll. Petite Poche), 2002. (Prix Le Livre élu en Livradois-Forez 2004)

Tu sais quoi ? (coll. Roman), 2002. (Prix Festilivres 2003 ; Prix du Festival du livre de jeunesse de Cherbourg-Octeville 2003)

La Vie, en gros (coll. Roman), 2001. (dix-sept prix littéraires, dont le Prix des Incorruptibles 2002 – Porté à l'écran)

Premier de la classe (album, avec Martin Veyron), 2001.

Papa est à la maison (coll. Roman), 2000. (Prix de l'Esterel 2001)

Littérature adulte

Bruce Frederick Springsteen, avec Hugues Barrière, Le Castor Astral Éditeur, 2007 (édition réactualisée).

Noces de glace, éd. Albin Michel, 2006. (Porté à l'écran)

Maldonne, éd. Albin Michel, 2006. (Prix Handi-Livres 2006 – Porté à l'écran)

L'Inhumaine Nuit des nuits, éd. Albin Michel, 2004. (Prix Polar derrière les murs 2006)

La Fièvre bâtisseuse, éd. Thierry Magnier, 2003.

Trois souris aveugles, éd. Albin Michel, 2002. (Prix Polar 2003 – Porté à l'écran sous le titre *Une souris verte*)

Tout doit disparaître a reçu
le Prix Jeunesse France Télévisions 2008.

Être vivant suffisait à son bonheur.

Mendiants et orgueilleux,
Albert Cossery

J'aurais aimé avoir le sens de la répartie. Dire ce qu'il faut sans hésiter, trouver les mots sans bafouiller, au moment précis où j'en ai besoin. Clouer le bec à mon interlocuteur, lui fermer sa gueule, calmement, pertinemment, spirituellement.

Il y a des gens qui font ça très bien. Moi pas.

Je rougis, je m'énerve et je boude. Dix minutes plus tard, une heure ou même le lendemain, la réplique qui tue me vient soudain comme une évidence. Toujours trop tard, quand il ne me reste plus qu'à me traiter de gros abruti, de nul, de tache, de bouffon. Quand il ne me reste plus qu'à me rejouer la scène, à me rêver audacieux et fort, à réécrire les dialogues en me donnant le beau rôle. Quand il ne me reste plus que des regrets.

L'eau du bain est si chaude que c'en est presque insupportable. Délicieusement insupportable. Comme quand j'étais petit. Ça faisait un bail. J'ai pris l'habitude des douches, sous les tropiques. C'était mon luxe, là-bas, tellement j'avais trop chaud tout le temps. J'en prenais au moins cinq par jour, même si c'était pire après et que je me retrouvais en sueur à peine l'eau coupée.

Ici, en métropole je veux dire, quand j'étais gosse, je me faisais couler un bain chaque dimanche matin, dans lequel je restais jusqu'à temps que ma peau soit fripée comme celle d'une pomme oubliée au fond d'une cagette. Je m'y racontais des histoires, je transformais la mousse en icebergs, mes genoux en îles volcaniques, mon sexe en monstre du loch Ness pointant son nez de temps en temps à la surface de l'eau. J'y faisais aussi des concours d'apnée, tête en arrière, nez pincé entre le pouce et l'index. Je me demandais toujours s'il était possible de mourir ainsi, de se noyer dans son bain juste par la volonté de garder la tête sous l'eau.

Comme à cette époque, ce matin, je suis presque complètement immergé, à l'exception de mes pieds que je suis obligé de poser contre les carreaux froids du mur car mes jambes sont maintenant beaucoup trop longues pour que je tienne en entier dans la baignoire. Ça n'a pas que des inconvénients : quand l'eau commence à refroidir, je peux manier le robinet avec mes orteils pour faire couler du chaud.

De mon visage, il ne reste que le nez et les yeux à l'air libre. Ma respiration résonne à l'intérieur de moi telle celle d'un astronaute en sortie dans le vide sidéral. J'entends aussi mon cœur qui bat et je me dis que le monde devait se résumer à ça quand j'étais dans le ventre de ma mère : les bruits extérieurs à la fois lointains et précis et, plus proche, la percussion régulière d'un cœur. Trois fois rien. La vie.

Ça faisait longtemps que je n'avais pas pris le temps de laisser mes idées partir ainsi à la dérive. C'est dingue la vitesse à laquelle fonctionne le cerveau, le nombre de pensées qui se superposent, d'images qui se télescopent, passées ou présentes. Aucun film n'est capable de retranscrire ça. Aucun livre. Là, à l'instant, en même temps que je formule cette idée, sautant d'une époque à l'autre, je vois mentalement des images de Mayotte, des sensations de mon enfance me chatouillent, les événements de ces dernières semaines défilent et la phrase que j'aurais dû répondre ce matin à mon père vient se percher sur le bout de ma langue comme à l'extrémité d'un plongeoir.

Car je sens que je vais bientôt me rejouer la scène du petit déj façon Hollywood, troquant mon vocabulaire anémique, ma voix flottante et ma peau grasse et boutonneuse contre l'assurance insolente d'un Will Smith. Trop tard, une fois de plus, je vais trouver les mots que j'aurais dû répliquer à mon père quand, à bout d'arguments, il m'a lancé :

– Mais alors, qu'est-ce que tu vas devenir, Hugo ? Qu'est-ce qu'on va faire de toi ? Dis-moi, je t'écoute ! Qu'est-ce que tu veux faire dans ta vie ?

Ça n'a l'air de rien, dit comme ça, mais il faut imaginer ces phrases prononcées de cette voix que seuls les parents sont capables de prendre, mélange d'inquiétude, d'exaspération, de défi, de mépris, de déception et d'amour. Un cocktail parfaitement indigeste. Ces mots et la tonalité avec laquelle ils ont été prononcés sont censés me montrer combien mon père est cool et à l'écoute, tout en me suggérant que je suis un ingrat mais qu'un jour, quand je serai grand, je comprendrai combien je suis dans l'erreur. Cette question qui n'appelle aucune réponse m'a laissé un sale arrière-goût de culpabilité, de doute, de colère et de frustration.

Qui pourrait répondre à ça ? Personne, à part Will Smith, parce qu'il a une armée de scénaristes qui lui écrivent ses répliques.

Le sens de la répartie, finalement, ça ne doit exister qu'au cinéma. C'est comme les héros qui sortent d'une bagarre ou du lit impeccablement coiffés. Ça n'existe pas dans la vraie vie.

Dans la vie, on est toujours déçu par soi-même. Comme moi dans mon bain, là, maintenant, sur le point de trouver deux heures trop tard quoi répondre à mon père, qui suis en train de me repasser le film de ces cinq dernières années.

I

Le bout du monde

1

Sur place, j'ai détesté Mayotte. Surtout, je n'ai rien compris à cette île. Et il a fallu que je la quitte pour me rendre compte combien elle m'avait changé. En bien, je crois, même si tout le monde, ou presque, pense le contraire.

J'étais en CM2 quand mes parents m'ont annoncé qu'on allait s'installer là-bas pour deux ou quatre ans.

Je me souviens qu'ils nous ont montré, à moi et à Lydie, ma petite sœur, où c'était sur le globe terrestre lumineux qui nous avait toujours servi de veilleuse la nuit : un point, minuscule, entre Madagascar et l'Afrique. C'est sur Internet que j'ai trouvé quelques informations supplémentaires : Mayotte, Collectivité départementale française d'un peu plus de 165 000 habitants, d'une surface de 374 km^2, composée de deux îles, Petite-Terre et Grande-Terre, entourées du plus grand lagon du monde. Sur les rares sites que j'ai trouvés, il n'y avait que des photos de palmiers et de baobabs, de plages au sable marron foncé, de fleurs exotiques, de centaines de sortes de poissons de toutes les couleurs et de tortues de mer. Un paradis sur Terre. Rien à voir avec ce que j'ai trouvé sept mois plus tard en débarquant à l'aéroport de Pamandzi après quatorze heures de vol.

Quatorze, sans compter les huit d'attente à Roissy à cause d'un problème technique ni l'heure d'escale improvisée au Caire dont, par les hublots de l'avion, je n'ai perçu au loin qu'un velum de pollution vibrant de chaleur.

Il n'y a pas de vols directs pour Mayotte, et nous sommes passés par la Réunion. De cette île, que j'apprendrai à bien connaître les quatre années suivantes pendant plusieurs vacances scolaires, j'ai à peine eu, ce jour-là, l'occasion d'effleurer le climat. Nous avons quitté l'avion par un sas menant directement à l'aéroport et, bien qu'ayant survolé des mers et des continents, nous n'avions pas respiré d'autre air en arrivant à notre destination finale que celui, climatisé, qui relie les aéroports du monde entier.

Le choc a été rude quand, de nuit, nous avons posé les pieds sur le tarmac de Pamandzi. C'était comme entrer brusquement dans un sauna à ciel ouvert, saisi en même temps par une chaleur qui donnait l'impression de vous plaquer au sol et une humidité qui, montant de l'asphalte, vous prenait à la gorge.

La nuit était profonde et je n'ai rien pu voir des alentours de l'aéroport. J'étais, nous étions abrutis par ce voyage interminable. Lydie avait sept ans, à l'époque, et je lui donnais la main tandis que, avec mes parents, nous suivions la file des voyageurs guidés par des employés de l'aéroport équipés de torches électriques qui balisaient le chemin jusqu'aux guichets de la douane. Des voix appelaient et j'ai vu des familles massées derrière les grillages qui faisaient signe aux arrivants. Un frère, un cousin, un collègue ou des voisins, principalement des Mahorais, les habitants originaires de l'île. C'était la fin des vacances scolaires et l'avion était plein : des familles entières, avec vieillards et enfants, mais aussi de nombreux fonctionnaires de la métropole, des *expats*, pour expatriés. Ou des *wazungu*, comme les Mahorais appellent les Blancs, ce que j'étais devenu, un *m'zoungou* au singulier, pour quatre années, en sortant de l'avion.

C'était étrange d'être mêlé à cette foule bruyante qui piétinait pour se présenter au contrôle des passeports. Débarquant après des heures d'avion dans un pays chaud, j'avais l'impression d'arriver en vacances alors qu'au contraire, nous étions à quelques jours de la rentrée scolaire. Mon monde s'était inversé, ma vie avait basculé.

De l'heure suivante, je n'ai gardé qu'une impression d'urgence. Un sentiment qui pourrait d'ailleurs s'appliquer à tout ce que j'ai retenu de ces années de vie à Mayotte : une île bruyante où tout va vite.

Je serais incapable de « raconter » Mayotte, d'en faire le portrait ni même de dire ce que j'en pense. Je n'en ai ramené qu'une multitude d'impressions, d'images en désordre, de sensations souvent contradictoires, d'anecdotes que j'ai le plus grand mal à relier les unes aux autres. Là-bas, je n'ai été que de passage, un *m'zoungou* trop encombré de lui-même, de son passé, de ses habitudes, de ses préjugés et de ses certitudes pour pouvoir saisir le présent furtif de cette île. Un présent où se télescopent si brutalement le poids du passé et les diktats de l'avenir qu'il peine à trouver sa place.

Nous avons passé la douane, récupéré nos bagages, et un couple d'amis de mes parents, Aline et Jean-Marc, sont venus à notre rencontre.

– Vite, vite ! nous ont-ils dit en écourtant les embrassades. Il faut qu'on se dépêche si on ne veut pas manquer la dernière barge.

Comme mes parents, Aline et Jean-Marc sont profs de collège. Aline enseigne le français, Jean-Marc les arts plastiques. S'ils ont connu mes parents à Béthune où ils travaillaient dans le même établissement, ils sont ensuite devenus des spécialistes de l'outre-mer : je ne sais plus combien d'années à la Guadeloupe et déjà deux à Mayotte. Ensuite, ils comptaient (et l'ont fait depuis) s'installer à la Réunion jusqu'à leur retraite puis revenir en métropole où ils s'achèteraient la maison de leurs rêves. C'étaient eux qui avaient convaincu mes parents de tenter l'aventure des tropiques. Mon père et ma mère qui, jusque-là, n'avaient enseigné le français que dans le Pas-de-Calais.

Nous avons fourré nos bagages dans le coffre de la voiture, avons grimpé tous les quatre à l'arrière et Aline a aussitôt démarré.

– Baissez les vitres, nous a dit Jean-Marc en se retournant. La clim est en panne. Tout tombe en panne à Mayotte, vous vous habituerez vite.

J'étais déjà en sueur, littéralement trempé, mon T-shirt collé à ma peau, bon à tordre comme une serpillière. Nous quittions l'aéroport, et l'air qui s'engouffrait par les vitres ouvertes de la voiture était chaud et parfumé, sucré, presque écœurant. Aline roulait vite et klaxonnait souvent. Les rues que nous empruntions n'étaient pas éclairées et pourtant, les phares de la voiture nous révélaient au passage une foule de piétons. Il y avait du monde partout, du bruit, des voix. Lydie s'était endormie à peine assise sur la banquette, sa tête sur mon épaule.

Enfin, grâce à la lune qui est subitement apparue au hasard d'un virage, j'ai vu que nous longions la mer. J'avais lu sur Internet que, chaque année, des baleines venaient se reproduire dans le lagon et qu'il était banal de rencontrer des dizaines et des dizaines de dauphins. J'essayais de m'accrocher à ces informations pour tenter, en vain, de me convaincre que moi aussi, j'avais envie de vivre sur cette île dont tous mes amis maintenant à des milliers de kilomètres de moi, Baptiste et Nico en tête, n'avaient même jamais entendu le nom.

Jean-Marc n'avait pas cessé de parler durant le trajet en voiture mais je ne l'avais pas écouté. Il semblait vouloir tout nous dire sur Mayotte en dix minutes et cet empressement ressemblait à un avertissement.

– On arrive, a-t-il annoncé alors qu'Aline se précipitait en klaxonnant vers le bout d'un quai auquel était accosté un gros bateau dont l'arrière était béant.

Un grand Mahorais faisait signe qu'il était trop tard mais Aline n'en a pas tenu compte et a tenté de forcer le passage. L'homme s'est mis à faire de grands gestes avec les mains et Jean-Marc a dit à sa femme de s'arrêter. Il est descendu et s'est mis à parler avec l'employé de la compagnie maritime.

– Mais si ça passe, chef! a-t-il fini par dire. Regarde ! Y a largement la place !

Puis il s'est tourné vers Aline.

– Vas-y ! Là, en travers !

Le Mahorais a capitulé et a laissé Aline manœuvrer. Le bas de caisse a cogné brutalement quand les roues ont grimpé sur le plateau arrière du bateau et, d'un bond, la voiture s'est calée entre deux autres, au millimètre près. Aussitôt, un long sifflement a ordonné le départ de la barge. Le plan incliné sur lequel nous venions de rouler s'est relevé juste derrière la voiture et le navire s'est mis à trembler avec un sourd vacarme de moteur.

– C'était moins une ! a lancé Aline en souriant. Un peu plus et on passait la nuit sur Petite-Terre.

La traversée entre Petite et Grande-Terre n'a pas duré longtemps, mais suffisamment pour aggraver mon angoisse, cette impression d'être perdu et loin de tout, loin de moi-même. Le centre de la barge était entièrement encombré de voitures, de camionnettes, de mobylettes, et nous sommes montés vers les coursives pleines de passagers. Il y avait des bagages partout, des sacs de toile, des régimes de bananes, des fagots de végétaux dont je ne connaissais pas encore le nom.

– On accoste à Mamoudzou, a précisé Jean-Marc, la capitale.

Je voyais bien quelques lumières à l'horizon, dans la direction indiquée par la proue de la barge, mais rien qui puisse évoquer la taille d'une capitale. Grande-Terre n'était qu'une masse sombre qui se découpait sur le ciel bleu nuit, si peu piquetée de lumières qu'elle semblait inhabitée. J'avais eu la même impression quand notre avion avait survolé Madagascar : des étendues sauvages gigantesques et seulement quelques villes éparses signalées par de faibles lumières. Rien à voir avec l'Europe qui, vue du ciel et de nuit, ressemble à un sapin de Noël.

Autour de nous, beaucoup de passagers avaient enfilé des pulls ou des blousons, mais même si l'air était effectivement plus frais que sur terre, il n'en était pas moins beaucoup trop chaud à mon goût. Lydie restait collée à moi et dévisageait des Mahoraises, jeunes ou vieilles, en tenues traditionnelles, robes colorées drapées de la tête aux pieds et, comme je l'apprendrai plus tard, un masque de beauté faisant l'effet d'une pellicule de boue séchée sur le visage. D'autres femmes étaient vêtues à la métropolitaine. La majorité des hommes portaient des pantalons et des chemises en toile et, le plus souvent, des tongs en plastique aux pieds. Tous parlaient le shimaoré qui, bien que le français soit la langue officielle de l'île et celle que l'on impose à l'école, est de loin la plus pratiquée au quotidien.

Enfin, nous avons accosté et cette fois, Aline a été la première à débarquer sur la terre ferme.

Les rues de Mamoudzou, comme celles que nous avions traversées sur Petite-Terre de Pamandzi à Dzaoudzi, bruissaient de monde mais étaient plongées dans l'obscurité. J'étais loin alors d'être habitué aux nuits tropicales qui tombent dès 17 heures. Surtout, j'avais été élevé en métropole et en ville, là où la nuit est tenue en respect par les éclairages urbains. À Mayotte, en plein cœur de la capitale, avec la nuit venait le noir complet, une obscurité comme je n'en avais jamais connue.

Notre maison n'était pas prête, ou plutôt pas encore libre, et il était prévu que nous logerions pendant dix jours dans une maison d'hôtes de Mamoudzou : *Le Baobab, ses chambres climatisées et sa vue imprenable sur le lagon*, disait le site Internet de l'établissement.

Après seulement cinq minutes de route, Jean-Marc et Aline nous ont déposés devant cette petite maison blanche. J'ai jeté un regard alentour mais n'ai vu que les ténèbres. Pourtant, j'entendais des voix, des radios diffusant de la musique à plein régime, les bêlements de chèvres et les rires d'un enfant.

M. et Mme Marson, un couple d'une cinquantaine d'années, propriétaires du Baobab, nous ont accueillis et guidés jusqu'à nos chambres.

– Vous devez être épuisés, avec le retard de l'avion.

C'était le mot : épuisés. Et pourtant, trois heures plus tard, déjà habitué à la relative fraîcheur de la pièce climatisée qui m'avait saisi en entrant, je ne parvenais pas à trouver le sommeil.

J'avais pris une douche en arrivant. La salle de bains n'était pas climatisée mais « aérée » par deux rangées d'ouvertures carrées percées dans un mur près du plafond par lesquelles j'entendais les bruits des voisins tout proches, leur musique, leur langage qui m'était parfaitement étranger… Avant notre départ de métropole, on nous avait beaucoup parlé des insectes dans les pays tropicaux. Déjà, dans le Pas-de-Calais, j'avais horreur des araignées et des sauterelles, et je dois avouer que « les bêtes » étaient l'une de mes inquiétudes en arrivant à Mayotte, même si Lydie et moi avions lu dans un guide qu'aucune n'était dangereuse à l'exception des scolopendres, les *scolos* comme on appelle là-bas cette sorte de mille-pattes noir minuscule ou long de quinze centimètres dont la piqûre, si elle n'est pas mortelle, est extrêmement douloureuse. Et soudain, en mettant un pied dans le bac de douche, mon regard avait été attiré par un mouvement rapide dans l'une des niches percées en haut du mur. J'avais vu deux antennes de la taille de mon petit doigt puis un corps roux gros comme mon pouce. J'avais poussé un cri et « le monstre » avait disparu en un clin d'œil. Le cœur cognant dans ma poitrine, j'avais pris une douche éclair, les yeux braqués sur les aérations dans le mur, au cas où la bestiole aurait envie de faire trempette avec moi.

Je partageais avec ma sœur l'une des chambres du Baobab qui communiquait avec celle de nos parents. Il y avait deux lits côte à côte et Lydie était déjà couchée mais ne dormait pas encore.

– Tu crois qu'on va être bien, ici ? m'a-t-elle demandé alors que je me glissais sous les draps à fleurs.

Maman est entrée à ce moment-là pour nous souhaiter bonne nuit. Elle nous a embrassés et Lydie lui a répété sa question.

– Mais bien sûr, ma chérie. Tu verras : demain, il fera jour…

Maman a éteint avant de sortir et nous nous sommes retrouvés dans le noir complet.

Aussitôt, un bruit s'est fait entendre. Ou plutôt deux bruits successifs, comme des claquements de langue. Je retenais ma respiration pour écouter et les deux claquements ont recommencé.

– C'est quoi ? a demandé Lydie d'une voix inquiète.

– J'en sais rien, j'ai murmuré.

Et quand j'ai de nouveau entendu les bruits, j'ai rallumé ma lampe de chevet.

J'avais immédiatement pensé à une bête et j'ai inspecté du regard les murs et le plafond de la chambre. Rien. J'ai éteint et, aussitôt, les claquements ont repris. *Tic-toc… Tic-toc…*

– J'peux venir dans ton lit ? a dit Lydie en me rejoignant sous mon drap sans même attendre ma réponse.

Elle s'est blottie contre moi, si petite et si frêle que, du haut de mes onze ans, je me suis un instant senti grand et fort. Un instant seulement car une nouvelle vague d'angoisse a parcouru ma peau quand les petits claquements dans la nuit se sont encore manifestés.

J'ai compris au bout de quelques minutes que Lydie s'était endormie.

Les claquements ont fini par cesser, mais j'ai tout de même mis des heures avant de succomber à un sommeil nerveux. Allongé sur mon lit, dans le noir, mon cœur battait trop vite, mes oreilles bourdonnaient encore du vacarme des moteurs de l'avion et j'étais écœuré à cause du traitement contre le paludisme que nous prenions depuis plusieurs jours. J'écoutais le ronronnement régulier de la clim et j'entendais toujours des voix, toutes proches, comme sous la fenêtre de la chambre.

J'avais peur. De quoi ? De l'éloignement, de l'inconnu, de l'obscurité de ce pays, de ses sons, de ses odeurs, de ses insectes dont je croyais deviner l'hostile proximité… J'étais *dépaysé*, un mot qui prenait tout son sens pour la première fois de ma vie. J'étais loin, trop brusquement loin de chez moi, et pourtant rendu là où devait, pour quatre années, être mon nouveau « chez-moi ».

J'avais la vertigineuse impression d'être au bout du monde.

J'y étais.

2

À Mayotte, le jour se lève aussi vite qu'il tombe. C'est finalement un rythme assez simple à comprendre : douze heures de jour, douze heures de nuit, avec de légères variations selon les saisons.

À 5 h 15 le lendemain matin de notre arrivée, j'étais debout, soulagé de voir le jour à travers les rideaux que je me suis empressé de tirer.

Vue imprenable sur le lagon, clamait le site Internet du Baobab. S'il y avait bien la mer en face de la chambre, ce que négligeait de préciser la publicité de la maison d'hôtes, c'est qu'entre le lagon et moi se trouverait une terrasse en béton déglinguée, encombrée de sacs en plastique et de bouteilles vides sur laquelle dormaient deux hommes, deux femmes et cinq enfants. En plein air, en pleine chaleur ou sous les averses torrentielles que je n'allais pas tarder à découvrir, sur des matelas en mousse, exactement sous les fenêtres de ma chambre climatisée. Les voix que j'avais entendues jusque tard dans la nuit avant de trouver enfin le sommeil.

Nous avons pris le petit déjeuner sur une terrasse

où grimpaient des plantes à fleurs mauves et orange, sur les murs et au plafond de laquelle étaient visibles une bonne dizaine de margouillats, sorte de petits lézards vert tendre aux pattes terminées par des ventouses, qui faisaient exactement les deux petits claquements répétitifs qui m'avaient tant inquiété la veille. Mme Marson, tout en nous servant nos cafés et chocolats chauds, nous a expliqué que la famille qui dormait sous nos fenêtres venait d'Anjouan, l'une des autres îles des Comores dont fait partie Mayotte.

– Ce sont des clandestins, a-t-elle ajouté. Il en arrive tous les jours à Mayotte. Il y a quatre-vingts kilomètres entre ici et leur île. Ils traversent sur des bateaux surchargés qu'on appelle les *kwassa-kwassas.* Ceux qui ne se sont pas noyés en route ou qui ne se sont pas fait dévorer par les requins se réfugient dans le ghetto où, en général, ils finissent par se faire attraper par la police.

– Mais pourquoi ? j'ai demandé. Qu'est-ce qu'ils viennent faire ici ?

– Accoucher à la maternité de Mamoudzou, chercher un boulot dix fois mieux payé que chez eux… Fuir la misère de leur île !

Je n'en revenais pas. Quand on n'a jamais rien connu d'autre que la métropole et que l'on découvre Mayotte, il est difficile de comprendre que l'on puisse risquer sa vie pour ça.

Ça ? Ce que j'ai vu en sortant pour la première fois du Baobab, de jour, en plein centre de la capitale de l'île, sous un ciel d'un bleu intense : des routes défoncées, des détritus partout, des maisons de tôles et de torchis, des enfants nus jouant dans des caniveaux, des femmes lavant leur linge dans des ruisseaux pollués, des chiens errants efflanqués… Un bidonville, pour moi qui connaissais si peu le monde.

Mes parents m'ont rejoint dans la rue où, bien qu'il fût à peine 6 heures, la chaleur commençait à m'incommoder. Je me souviens de leur avoir dit aussitôt :

– On va pas rester ici ?

– Mais non, a répondu mon père, tu sais bien qu'on aura notre maison la semaine prochaine !

– À Mayotte, je veux dire ! On peut pas rester à Mayotte !

Mon père avait très bien compris ce que je voulais dire, ce que je ressentais.

– On vient d'arriver, Hugo. Tout ça est très nouveau mais tu vas voir, on va s'habituer…

J'ai regardé ma mère qui n'a rien dit, mais j'ai compris qu'elle n'était pas loin de penser comme moi. Lydie était tout contre elle, accrochée à sa taille.

Et nous sommes restés, bien que Jean-Marc et Aline nous aient expliqué qu'il arrivait que des familles métropolitaines reprennent l'avion au bout d'une semaine tant le choc est rude.

En dix jours à Mamoudzou, je n'ai pas réussi à comprendre cette ville.

Tout y part de l'embarcadère de la barge, avec la place du marché, puis la place Mariage entourée de commerçants de type métropolitain, de l'unique librairie de l'île et de l'hôtel Caribou dont seul le nom, qui veut dire « bienvenue », est typique de Mayotte.

Notre maison d'hôtes, en plein ghetto anjouanais où les descentes de police sont fréquentes et musclées, était très proche de la rue du Commerce bordée de boutiques de vêtements, de bijoux ou d'électroménager d'où sortaient des musiques africaines à plein régime. C'est là, le lendemain de notre arrivée, que j'ai vu une image qui, des années plus tard, symbolise encore pour moi ce qu'est Mayotte : une Mahoraise en tenue traditionnelle qui marche en tenant en équilibre sur sa tête le four à micro-ondes qu'elle vient de s'acheter.

À Mamoudzou, où l'on construit n'importe où, n'importe comment mais vite, les enseignes des opérateurs de téléphonie mobile sont accrochées sur les murs des cases, les bâtiments administratifs français jouxtent des marchands ambulants de poulet boucané, et on entend l'appel du muezzin alors qu'on achète des timbres à la poste dont le guichet est exactement le même que dans n'importe quelle ville métropolitaine. Et, en plein cœur de l'océan Indien, on y étouffe sous une circulation automobile qui n'a rien à envier à celle de Paris aux heures de pointe.

En fait, cette ville me faisait peur. C'est sans doute ridicule, mais c'est vrai. Trop de monde, trop de bruit, de couleurs, d'odeurs, de cris, de musique, et un autre monde dès que l'on quitte les grandes artères. Un soir, surpris par la tombée si brutale de la nuit, je m'étais trompé de chemin pour retourner au Baobab et m'étais retrouvé au cœur du ghetto anjouanais. Des ruelles en terre, des cases de guingois, des ruisseaux boueux et tous les habitants qui me suivaient du regard. Je n'avais rien à faire là, avec mes Nike aux pieds, mon bermuda et mon T-shirt Quiksilver, et j'ai instinctivement pressé le pas. Je suis arrivé en sueur, essoufflé, le cœur me martelant les tempes, me sentant stupide, mais surtout pas à ma place sur cette île.

Et je ne devais pas être le seul dans ce cas-là puisque chaque soir, les métropolitains se retrouvaient au Barfly, un bar restaurant situé au bout de la rue Mahabou qui surplombe le port de plaisance.

Nous y sommes allés le troisième soir, invités par Jean-Marc et Aline qui voulaient nous présenter des « collègues ».

– Presque tous les enseignants de l'île sont des *métros*, et pas un n'échappe au Barfly ! a lancé Aline en riant. C'est le rendez-vous des expats !

Le bar, précédé de sa grande terrasse, offrait une vue superbe sur le lagon si grand qu'au premier regard il ne paraissait pas différent des mers qui bordent la France hexagonale : une eau bleu foncé ou grise selon le temps, et une barre corallienne si lointaine qu'on ne voyait pas à l'œil nu son trait d'écume si caractéristique. Des clients étaient attablés, d'autres à l'intérieur, accoudés au bar ou debout, un verre à la main, autour du billard derrière lequel se trouvait un écran géant qui diffusait des images de plongée sous-marine. Le patron était blanc et peu bavard. Les habitués l'appelaient par son diminutif, les femmes l'embrassaient par-dessus le comptoir et à tous, il ne répondait que par un mouvement de tête ou un grognement.

Nous nous sommes assis à une table et les amis de papa et de maman ont fait les présentations. Beaucoup des habitués du bar y venaient en famille, les enfants jouant sur la terrasse, pieds et torses nus, comme à la maison, avec un laisser-aller qu'ils n'auraient jamais affiché en métropole.

Il n'y avait que des profs autour de la table, la plupart en collège, et chacun, à part ma voisine – grande femme brune portant des vêtements tels que ceux que j'avais vus dans la vitrine colorée d'une boutique de la rue du Commerce –, avait sa petite phrase toute prête sur Mayotte à notre intention :

« L'île aux voitures est le surnom de la Réunion. Ici, c'est l'île en construction… On est passés trop vite de la *génération coco* à la *génération Coca*!… Mayotte, c'est l'Afrique, rien à voir avec la Réunion ! Là-bas, c'est le métissage des cultures et des races, ici, c'est une terre de contrastes… Vous verrez, les gosses sont très attachants. Pas très courageux mais gentils… C'est culturel ! Un pêcheur, ici, n'attrape que ce dont il a besoin pour sa journée. S'il a besoin de cinq euros pour lui et sa famille, il prend de quoi vendre sa pêche cinq euros et n'aura pas l'idée d'en attraper plus pour faire des bénéfices !… *Polé, polé !* Ils disent tout le temps. Ça veut dire *doucement, doucement*… La plupart n'attendent de la France que les allocations familiales et le RMI !… »

J'écoutais sans rien dire, comme Lydie, et le peu de fois où mes parents posaient une question, les autres riaient de leur naïveté et répondaient avec des airs de vieux chefs de tribu. J'avais l'impression que papa et maman étaient les victimes d'un « dîner de cons », ou bien qu'ils se faisaient bizuter.

Puis la conversation a dévié sur le lagon qui, comme le Barfly, était le refuge des wazungu. Tous les week-ends, les métros se retrouvaient sur ou sous la mer. Pêche au gros, plongée sous-marine, voile, ski nautique… Le dimanche précédent, une prof de français avait croisé un banc d'une centaine de dauphins ; son mari connaissait un endroit où on voyait des mérous gigantesques et a promis d'y emmener mes parents qui devaient *absolument* plonger sur la passe en S, la seule faille dans la barre corallienne qui marquait l'entrée du lagon.

J'ai vite perdu le fil de ces conversations et me suis renfermé sur moi-même, soûlé de paroles, de chaleur, de fatigue. Ma voisine n'avait toujours pas ouvert la bouche quand, soudain, elle s'est penchée vers moi et m'a tendu la main :

– Françoise. Je crois que je suis ta nouvelle documentaliste.

Je l'ai regardée et elle m'a fait un grand sourire. J'ai serré sa main, pas très à l'aise, même si, en tant que fils de profs, j'étais habitué à fréquenter des enseignants en dehors des heures de cours.

– Je travaille dans le même collège que tes parents. C'est presque la brousse, tu verras, beaucoup plus tranquille que Mamoudzou.

Ce mot de « brousse » que tout le monde utilisait pour parler de la campagne à Mayotte m'évoquait plus des plaines africaines parcourues par des gazelles, des lions et des éléphants que ce que je m'attendais à rencontrer sur une île tropicale.

– Je vois que tu n'es pas un grand bavard, comme moi ! a poursuivi ma future documentaliste à voix suffisamment basse pour que je sois le seul à l'entendre. Pourtant, cette petite conversation est très intéressante ! Autour de cette table se joue un jeu qui régit l'ensemble de la communauté métropolitaine. Une communauté qui vit à côté, mais pas avec les Mahorais. Tu vas vite comprendre qu'il y a deux catégories d'expatriés : les nouveaux, et les autres. Et les nouveaux, dont ta famille est le plus frais arrivage, sont toujours accueillis à bras ouverts parce qu'ils permettent aux autres de passer pour des durs à cuire.

J'ai croisé son regard dans lequel j'ai perçu un reflet malicieux qui m'a bien plu. Elle m'a souri et a continué :

– Il faut savoir que chez les métros, ou les wazungu, comme on appelle ici les Blancs, la hiérarchie se mesure en ancienneté. Champions toutes catégories : des types comme le patron du Barfly, ou les propriétaires de la maison d'hôtes où vous êtes logés. Ils sont très discrets sur leur passé mais on devine qu'avant Mayotte, ils avaient déjà plus de vingt ans d'Afrique derrière eux, après éventuellement un détour par l'Asie et un saut de puce par Madagascar, qu'il faut, si tu veux avoir l'air d'un pur et dur, appeler *Mada*. Ce sont des baroudeurs, des vrais, qui n'ont pas besoin de parler puisque les autres, se vantant tous d'être leurs amis, se chargent de raconter ou d'inventer leur histoire. Ensuite, viennent les fonctionnaires en fin de mission, déjà là depuis plusieurs années et qui pensent avoir tout compris sur l'île et ses habitants. Le retour en métropole n'est plus loin, et ils jouent les blasés, les revenus de tout. Tu verras : la principale de ton collège est comme ça ! Une Bretonne, trop heureuse de retourner chez elle à la fin de cette année scolaire. Et la dernière catégorie est celle de vos amis, Jean-Marc et Aline : les anciens petits nouveaux que votre arrivée fait enfin monter en grade.

Elle s'est encore penchée plus près pour me dire d'une voix amusée :

– Ce sont les plus bavards ! En tenant bon un an ou deux à Mayotte, ils ont gagné le droit de parler à tort et à travers de l'île, de ses rites, de ses contrastes, de la difficulté à s'y adapter... En fait, ils commencent tout juste à comprendre ce qui est écrit sur leur guide touristique.

Elle s'est redressée sur sa chaise et je me suis entendu lui demander :

– Et vous, à quelle catégorie vous appartenez ?

J'ai aussitôt senti mes joues s'empourprer. Mais Françoise m'a souri, visiblement amusée par mon aplomb.

– À aucune, m'a-t-elle répondu. J'habite à Mayotte depuis vingt-six ans, mon mari est mahorais et nos deux enfants « café au lait » sont nés sur l'île.

J'ai dû avoir l'air surpris et elle a ajouté :

– Eh oui ! On peut aimer vivre à Mayotte ! Tu t'habitueras facilement. Les jeunes s'y font très naturellement. La nouvelle Mayotte est jeune, pas encore assagie ni résignée. Elle veut tout et tout de suite. C'est une société adolescente.

3

J'ai été un peu rassuré en découvrant notre maison. Rien à voir avec les cases de Mamoudzou et de sa banlieue. Au nord de Passamaïnti, à la limite de la brousse, elle était en dur, avec un étage, chacun sa chambre climatisée, des moustiquaires aux fenêtres et aux portes, un jardin clos avec une drôle de pelouse toute rêche, un manguier, un ylang-ylang, un arbre à pain et, sur le toit, une terrasse avec une vue plongeante sur la mer et l'île Mbouzi.

– Même si elle a été améliorée, c'est une vraie maison traditionnelle, nous avait expliqué Aline. Rien à voir avec les cases SIM de *M'zoungouland* !

M'zoungouland est le nom que l'on donne aux quartiers neufs construits pour les expats. Des petites maisons colorées bien alignées, réunies en résidence, dans lesquelles ils peuvent retrouver le confort auquel ils sont habitués. L'un d'eux, m'a-t-on raconté plus tard, avait été bâti autour d'une source pour obtenir l'effet d'une place de village métropolitaine avec sa fontaine. Sauf que ce point d'eau, depuis toujours, alimentait deux villages voisins et que les *bwénis*, les femmes en shimaoré, avaient tout naturellement continué à venir s'y approvisionner. Et cela avait aussitôt créé des problèmes avec les nouveaux venus qui trouvaient qu'elles et leurs enfants faisaient trop de bruit dans *leur* quartier.

Ce n'est pourtant pas la place qui manque, à Mayotte.

Car à part les quelques villes côtières, la population se répartit dans des villages perdus dans les palmiers, les bambous géants, les tulipiers, cocotiers, arbres à pain, bananiers, manguiers et autres végétaux qui couvrent les pentes des modestes sommets jusqu'aux plages désertes bordées de gigantesques baobabs ou jusqu'aux mangroves et leurs palétuviers.

La vue depuis la terrasse de notre maison donnait un bon aperçu de la géographie générale de l'île, du mont Maévadouani aux villages côtiers de Tsoundzou 1 et 2 puis à l'île Mbouzi seulement habitée par les makis, ces drôles de lémuriens aux grands yeux jaunes. À l'aube, quand le soleil frôlait à peine le lagon, la baie était magnifique et correspondait parfaitement, pour quelques secondes, à l'image paradisiaque que les métropolitains se font d'une île tropicale.

Je me souviens d'avoir mis plusieurs jours à comprendre ce qui, depuis notre arrivée, manquait à ce paysage maritime. Avec mes parents, nous partions souvent en vacances en baie de Somme ou même en Bretagne, et pour moi, le fond sonore d'un paysage marin, outre le bruit des vagues, était le cri des mouettes. Or, il n'y a pas de mouettes à Mayotte, mais d'énormes chauves-souris de plus d'un mètre d'envergure qui volent lourdement, de jour, d'un palmier à un autre. C'est ça, être dépaysé : ne rien connaître, ne rien reconnaître. Pas un oiseau, pas un arbre, un poisson, une fleur. Tout était nouveau, tout m'était étranger. Ou plutôt, j'étais étranger à tout.

C'est le jour de la rentrée que j'en ai vraiment pris la mesure, quand, à la fin de l'appel, j'ai constaté que j'étais le seul Blanc de ma classe.

Mon collège ne manquait pas de charme. C'était l'un des premiers établissements construits sur l'île, et il était composé d'une dizaine de petits bâtiments, sortes de bungalows sans étage disséminés dans un parc planté de flamboyants rouges et jaunes, d'hibiscus et de frangipaniers. C'était ce jardin fleuri qui servait de cour où les élèves se retrouvaient durant les pauses ou à l'heure du déjeuner car, à Mayotte, il n'y a pas de cantine.

Je n'ai jamais eu à subir de réflexions racistes autres que des plaisanteries sans méchanceté sur ma couleur de peau ou mes origines métropolitaines, mais il m'a quand même fallu plus de temps qu'aux autres pour m'intégrer à la classe. C'était au collège comme dans le reste de la société mahoraise : les métropolitains faisaient partie du décor, de la vie, mais fondamentalement, ils restaient des expatriés, des gens de passage et donc, même pour les mieux assimilés d'entre eux, des étrangers. De toute façon, je suis sûr que c'était inscrit en moi : je savais que je repartirais un jour, que Mayotte ne serait jamais mon île, que je n'y avais pas d'avenir. Et cela devait se voir dans ma manière d'être, de me comporter vis-à-vis des autres. Plus que leur couleur de peau, c'était là le vrai problème des collégiens venus de métropole : pourquoi s'en faire de vrais amis puisqu'ils repartiraient un jour ?

À cela s'ajoutait un autre écueil : la quasi-totalité des élèves métropolitains étaient des fils de profs, ce qui, là-bas comme dans l'Hexagone, n'est jamais bien vu par les copains. Car quand j'ai dit que j'étais le seul Blanc de ma classe, j'aurais dû préciser qu'il y en avait un ou une autre : le prof. Durant mes quatre années de collège à Mayotte, je n'ai pas eu un seul professeur mahorais.

C'était une sensation troublante que de se retrouver soudain dans la minorité. Depuis mon enfance, dans le Nord, il y avait toujours eu dans mes classes un ou deux élèves issus de l'immigration, comme ils disent à la télé. À Mayotte, j'étais l'un d'eux, et je découvrais que cela n'avait rien d'anodin.

Pourtant, être noir en France n'est pas la même chose que blanc à Mayotte. Comme sans doute dans les autres départements et territoires d'outre-mer, même s'ils affirment le contraire, les Blancs n'ont pas l'impression de faire partie d'une minorité, mais plutôt d'une élite. Mes parents, mes professeurs, les clients du Barfly… chacun arrivant à Mayotte « missionné » par la métropole, l'un pour « éduquer » les jeunes Mahorais, leur apprendre non seulement le français mais la culture française, les livres d'auteurs français, l'histoire de France, l'autre pour tracer des routes françaises bordées des mêmes panneaux de circulation que dans le Pas-de-Calais, pour bâtir des Postes, diriger des administrations, faire appliquer les lois françaises… Je ne crois pas avoir croisé de métropolitains fondamentalement racistes durant mon séjour sur l'île, mais je suis certain que tous, s'ils faisaient honnêtement leur examen de conscience, se rendraient compte qu'ils se sentent supérieurs aux îliens, d'une manière ou d'une autre.

Alors oui, dans ce contexte, même si l'avouer me fait horreur, les années que j'allais passer à Mayotte me l'ont prouvé ensuite : seul Blanc dans ma classe, je ne m'en sentais pas moins inconsciemment le meilleur.

Et j'ai d'ailleurs été premier dans presque toutes les matières au long de l'année de sixième, ce qui ne m'était jamais arrivé auparavant, loin s'en faut. Je n'avais pas un grand mérite quand l'on sait que le français n'est pas la langue maternelle des Mahorais, que les collégiens ne le parlent qu'à l'école, que la plupart n'ont aucun soutien scolaire de la part de leurs parents alors que les miens m'avaient entouré et guidé depuis la maternelle !

Et ce parcours de la petite enfance creusait un autre fossé entre moi et mes camarades de classe. J'avais toujours été protégé, choyé, épaulé, et je ne connaissais rien de la vie.

Jusqu'à ce qu'ils sachent marcher, les enfants, à Mayotte, ne touchent pas le sol et ne quittent pas les bras de leur mère. Mais ensuite, brusquement, ils sont livrés à eux-mêmes et doivent se débrouiller seuls. À un âge où, en métropole, l'on met des casques aux enfants pour leur apprendre à faire du vélo, ou des sécurités pour les empêcher d'ouvrir le tiroir de la cuisine dans lequel on range les couteaux, j'ai vu des petits Mahorais aller seuls dans la forêt avec des machettes plus grandes qu'eux pour couper les feuilles de bananier qui manquaient sur le toit de la case familiale. Et en sixième, les filles me donnaient l'impression d'être des femmes, les garçons des hommes, et moi un bébé à qui il sortirait du lait si on lui appuyait sur le nez.

Même si, comme me l'avait dit Françoise, la société mahoraise était adolescente, la vie à Mayotte allait m'apprendre que l'adolescence était un luxe que les enfants de l'île n'avaient ni le temps ni les moyens de s'offrir.

Brutalement est venue ma première saison des pluies, et ma première paire de baskets fichue en deux minutes quand les rues sont soudain devenues des ruisseaux charriant de la boue rouge. À la troisième paire ruinée, j'ai décidé d'adopter les tongs qu'utilisent les Mahorais alors que février était déjà là et que je croyais chaque jour mourir de chaleur.

– Il faut une année entière, m'a dit Françoise, pour savoir apprécier les différentes saisons. Au début, à part la mousson, on ne reconnaît rien et on trouve juste qu'il fait trop chaud et trop humide tout le temps. Mais ensuite, tu verras, on apprend à savourer la fraîcheur de l'hiver austral, de mai à septembre…

En bon « débutant », je souffrais tellement de la température que j'étais soulagé quand tombait une averse. J'ai vite compris que la brève impression de fraîcheur quand la pluie commençait à dégringoler se payait double ou triple quand elle s'arrêtait et qu'une brume chaude et étouffante montait du sol.

Ce n'est qu'au milieu de mon premier été austral que j'ai compris que les T-shirts qui collent immédiatement à la peau étaient à bannir. J'ai alors commencé à porter des chemisettes qui laissent circuler l'air, puis carrément des chemises à manches longues pour protéger les avant-bras où se trouvent les capteurs sensoriels de chaud et de froid. Chemises à manches longues et tongs, indéniablement, je commençais à m'intégrer !

J'ai fait mon baptême de plongée, avec l'impression enivrante de nager dans un aquarium tant il y avait de poissons de toutes les couleurs. J'ai vu mes premières baleines qui, chaque année, viennent s'accoupler et mettre bas dans le lagon. Mes parents, ma sœur et moi sommes devenus des habitués du Barfly où mon père s'est rapidement mis à tutoyer le patron. Le temps passait, les semaines, les mois, et la vie si nouvelle à Mayotte devenait ma vie. Déjà, je m'habituais à ce qui m'avait choqué à notre arrivée, je traversais sans plus les voir les quartiers de Mamoudzou, je ne faisais plus attention aux amas de détritus, je n'avais plus peur des insectes, même pas des araignées jaune et bleu aussi grosses qu'une main d'adulte que l'on voyait se balancer au milieu de leurs toiles larges comme des trampolines. Je m'habituais, je m'acclimatais, à l'image de mon père et de Lydie qui semblaient très à leur aise, alors que maman, elle, était de plus en plus crispée.

Un soir, alors que j'étais couché, je l'ai entendue discuter avec mon père dans la chambre voisine :

– Je ne trouve pas ma place ! lui disait-elle. Et puis cette principale, quelle saleté ! Tu as vu comment elle parle à son adjoint simplement parce qu'il est mahorais ! On dirait qu'elle s'adresse à un gamin et elle n'arrête pas de lever les yeux au ciel parce qu'il ne va pas assez vite ! Mais qu'est-ce qu'elle fout ici ! C'est lui qui est à sa place, pas elle ! Qu'elle retourne en Bretagne !

– Elle y retourne à la fin de l'année, ma chérie.

– Et avec sa prime d'expat non imposable, elle va se faire construire une maison de granit !

– Et alors, qu'est-ce qu'il y a de mal à ça ?

– J'en sais rien, a répondu ma mère après un silence, mais ces profs qui ne sont là que pour la prime et qui n'en ont rien à foutre de l'île et de ses habitants, ça…

– Tu ne crois pas que tu caricatures un peu ? Depuis notre arrivée, j'ai rencontré plein de profs passionnés et dévoués qui font un boulot formidable !

– Quel boulot ! a répliqué ma mère d'une voix lasse. Des fois, en cours, je me demande vraiment ce que je fais là.

– Je t'ai entendue dire la même chose des dizaines de fois en métropole !

– Mais les gamins s'en fichent de ce que je leur raconte… Et ils ont bien raison !

– Tu leur apprends le français, et ça leur sera très utile plus tard.

– Utile ! Utile à quoi ? À pointer à l'ANPE en métropole ou à la Réunion ? Même pour ceux qui iront jusqu'au bac, qu'est-ce qu'ils en feront ensuite ? Tu crois qu'on les attend les bras ouverts en métropole, les jeunes Mahorais ? À Béthune, où il n'y a déjà pas de boulot pour les gamins du coin ? Là-bas, ils seront complètement décalés, à la traîne ! Personne n'a le droit de le dire, mais c'est un enseignement de français seconde langue, qu'on leur donne !

– Et alors ? C'est mieux que rien, non ?

– Je ne sais pas. Est-ce qu'ils n'étaient pas mieux sans nous ? Sans l'envie de vivre comme nous, d'avoir un téléphone portable, des fringues de marque, une télé à écran plat ?

– Regarde dans les autres îles des Comores ! a argumenté mon père. Elles sont indépendantes, et résultat, il y règne une telle misère qu'ils veulent tous venir ici. Ce n'est pas pour faire du tourisme que les Anjouanais essayent coûte que coûte de venir à Mayotte !

Ma mère ne devait pas avoir l'air convaincue, et mon père a continué :

– Tu crois que la gamine dont tu m'as parlé, là… Comment elle s'appelle, déjà ?

– Moina.

– C'est ça. Tu crois que Moina, elle vivrait mieux sans la France ?

À l'époque, je ne savais pas qui était Moina mais depuis, j'ai appris que c'était une élève de troisième qui s'était fait chasser de chez elle parce qu'elle avait refusé de coucher avec son oncle.

Avant de quitter Béthune, papa et maman avaient acheté un guide touristique sur Mayotte, et je me souviens d'y avoir lu un chapitre consacré à la place de la femme dans la société mahoraise qui, bien qu'étant française, est musulmane et polygame. J'y avais découvert que les hommes peuvent avoir plusieurs épouses, plusieurs familles et que, en conséquence, ils sont pour la plupart des maris et des pères absents. Pourtant, il était précisé que les femmes tiennent dans l'île un rôle très important et très fort, qu'elles ne sont pas voilées et affichent une liberté de pensées et de mœurs qui n'a rien à envier à la métropole.

Ce qui, visiblement, n'empêche pas les cas tragiques, surtout chez les jeunes filles qui, dans certaines familles, subissent l'inceste. Moina était l'une d'elles, qui avait fini par se rebeller et avait donc été chassée de la maison familiale, se retrouvant à la rue et sans argent, au point que ma mère, qui était sa prof de français et était devenue sa confidente, en avait perdu le sommeil pendant des semaines.

– Je lui parle de liberté, a répondu ma mère, du respect que lui doivent les hommes, de contraception… Tout ce qui nous paraît évident chez nous mais qui se heurte à toutes les lois et les traditions d'ici ! Est-ce qu'elle va gagner cette liberté, ou est-ce qu'elle va juste devenir une paria chez elle ?

Il y a eu un instant de silence, puis mon père a dit :

– Tu es fatiguée, ma chérie.

La voix de ma mère avait tremblé quand elle avait prononcé sa dernière phrase. Depuis le jour de notre arrivée sur l'île, elle ne s'y était pas plu, et cela n'avait fait qu'empirer, malgré les virées sur le lagon le weekend, la plongée sous-marine, les soirées au Barfly.

– Je ne suis pas à ma place ici, a-t-elle encore dit. Ni avec les Blancs ni avec les Mahorais.

Le lendemain, mon père nous a annoncé que nous allions nous offrir un week-end bien mérité à la pointe sud de l'île, dans un hôtel situé sur la plus belle plage de Mayotte : N'Gouja.

Je n'avais pas encore eu l'occasion de visiter le sud de l'île qui est nettement plus sauvage et plus beau que le reste. Le Jardin Maoré, l'hôtel qui bordait la fameuse « plus belle plage de l'île », se trouvait en pleine nature, entouré d'arbres dans lesquels étaient visibles de nombreux makis, dont ma sœur est aussitôt tombée amoureuse. Mon père nous avait réservé deux bungalows, un pour lui et maman, un pour Lydie et moi. C'étaient des petites maisons de poupées en bambou et feuilles de bananier, disséminées le long de la plage sous d'impressionnants baobabs aux troncs lisses et argentés.

La plage était magnifique, sauvage à l'exception d'un élégant ponton qui s'avançait dans une eau d'un bleu irréel. C'est de là que j'ai vu ma première raie qui donnait l'impression de voler dans la mer.

Nous avions apporté nos masques et nos tubas et n'avons pas tardé à piquer une tête. À seulement une trentaine de mètres du bord se trouvaient les tombants et, brusquement, l'eau peu profonde devenait un sublime récif corallien surpeuplé de poissons. Mais c'est au retour vers le bord, alors que le soir n'était plus loin, que la plus belle surprise m'attendait. Je nageais tranquillement quand un drôle de bruit tout proche m'a fait sursauter, quelque chose qui ressemblait à la respiration de Dark Vador. Mon cœur a fait un bond dans ma poitrine : une bête plus grosse que moi me faisait face, qu'une fois calmé, j'ai pu identifier comme étant une tortue de mer.

Je me suis mis à nager à ses côtés. Gracieuse malgré sa taille, elle broutait une algue verte qui recouvrait le fond marin et remontait de temps en temps à la surface pour respirer en faisant le bruit qui m'avait fait sursauter.

Une grande sérénité m'a alors gagné, sans doute celle de cette énorme tortue que plusieurs autres n'ont pas tardé à rejoindre.

Je suis resté dans l'eau jusqu'à la tombée du jour, à nager avec elles, le cœur gonflé par le sentiment d'être en train de vivre un moment unique et celui d'avoir pour de bon rejoint le paradis sur Terre.

Le lundi suivant, au collège, tellement excité par cette expérience magique, j'ai raconté ma rencontre avec les tortues de mer à mes camarades. Stupéfait, j'ai découvert qu'aucun d'entre eux n'en avait jamais vu, et que la présence des tortues sur certaines plages de l'île était à leurs yeux une sorte de légende.

Aucun Mahorais n'avait les moyens, et n'aurait même eu l'idée de s'offrir une nuit dans l'un des hôtels de luxe qui bordaient les plus belles plages de son île natale.

4

En quelques mois, Françoise Garcin était devenue bien plus que ma documentaliste. Moi qui n'avais jamais aimé les livres, je m'étais mis à en lire un ou deux par semaine et me rendais au CDI de mon collège à la moindre occasion. CDI dans lequel il n'y avait d'ailleurs pas beaucoup d'ouvrages, faute de moyens, et parce qu'à Mayotte, les livres sont beaucoup plus chers qu'en métropole.

En vérité, le CDI et les romans étaient mon refuge, et le naturel de Françoise, aussi. Tout le monde l'aimait au collège, Mahorais ou wazungu, élèves ou professeurs, parce qu'elle était franche et simple, et que se dégageait d'elle une assurance que l'on ne trouve que chez ceux qui se sentent à leur place dans le monde. Et du nombre d'enseignants métropolitains que j'ai croisés à Mayotte, elle était la seule à ne pas être de passage, à avoir fait sa vie sur cette île, à y avoir un passé et un avenir.

Un soir, nous nous sommes retrouvés une fois de plus assis côte à côte au Barfly à écouter parler les autres. Je ne l'y avais jamais croisée depuis la première fois et j'avais l'impression de n'être plus le même que ce soir-là, quelques jours seulement après notre arrivée sur l'île. Un an avait passé. J'avais douze ans, dont un à Mayotte, qui compte au moins double ! Nous revenions de deux semaines de vacances sur l'île de la Réunion – avec randonnées dans les cirques volcaniques et jusqu'au sommet du piton de la Fournaise – et de huit jours de plage sur l'île Maurice. La rentrée n'était plus loin. Ma deuxième rentrée à Mayotte, et j'étais assis face à un jeune couple d'enseignants qui avaient atterri la veille à l'aéroport de Pamandzi et qui, les traits tirés, paraissaient aussi bien dans leurs baskets qu'un lièvre unijambiste le jour de l'ouverture de la chasse. Mon père pérorait, intarissable sur la vie mahoraise, les mœurs et coutumes de l'île, donnant l'impression d'y être installé depuis au moins dix ans.

J'ai croisé le regard de Françoise et nous n'avons pas eu besoin de mots pour nous comprendre. Je me suis souvenu de ceux qu'elle m'avait glissés à l'oreille un an plus tôt et j'ai souri : mes parents, avec l'arrivée des nouveaux, venaient de monter en grade. Même maman, pourtant toujours aussi mal à l'aise à Mayotte, ne pouvait s'empêcher de noyer les arrivants de conseils. Pourtant, sa voix était fébrile, nerveuse. Je la savais nostalgique de la métropole et, malgré le prix exorbitant des communications, elle appelait mamie au téléphone de plus en plus souvent. Dès qu'elle rentrait du collège, elle se connectait au Net pour écrire à ses copines. Nous devions passer le Noël suivant à Béthune, et ma mère ne vivait plus que dans l'attente du départ.

Je crois que nous avons senti une forme de soulagement quand, quelques jours avant Noël, l'avion a décollé du tarmac de Pamandzi. Pour la première fois depuis un an et demi, nous allions quitter l'océan Indien. Nous retournions à la maison, en métropole, en hiver.

Et par miracle, il y avait de la neige à Béthune. Pas beaucoup, une fine couche qui n'a tenu que quelques heures, mais qui nous a émus, nous qui venions d'une île où il ne fait jamais froid. Et c'est en voyant la neige, en sentant mon corps se rétracter au contact de l'air hivernal, en m'amusant, pour la première fois depuis des mois, de voir de la buée sortir de ma bouche, que j'ai compris combien la succession des saisons m'avait manqué, là-bas. Même si j'avais fini par ressentir la différence entre les saisons à Mayotte, cela ne pouvait se comparer avec la métropole. Le froid, le vrai, les arbres sans feuilles, le givre, la neige, la percée des jonquilles, le vert tendre des premières feuilles, les arbres en fleurs, puis en fruits, les longues soirées d'été, les feuilles qui roussissent, les marrons qui tombent. Autant de choses que j'avais à peine regardées durant les douze premières années de ma vie et qui, soudain, me semblaient des trésors.

La famille nous a fait la fête. Mes grands-parents nous reconnaissaient à peine, Lydie et moi, tant nous avions grandi. Eux aussi avaient beaucoup changé, mais nous nous sommes bien gardés de le leur dire. C'est une chose étrange que de ne pas voir les siens pendant des mois, d'interrompre la routine. Sans doute, si nous ne les avions jamais quittés, ma sœur et moi ne nous serions pas aperçus que nos grands-parents avaient vieilli, alors que là, c'était saisissant au premier regard.

De même, un gouffre s'était creusé entre mes amis et moi.

Je comptais beaucoup sur ces retrouvailles, et j'étais terriblement impatient de revoir Baptiste et Nico. Mais la vie avait poursuivi son chemin, et si nous nous étions quittés les meilleurs amis du monde, à la vie à la mort, nous nous retrouvions des presque-étrangers sans un souvenir en commun depuis un an et demi, qui avions quitté l'enfance pour l'adolescence en empruntant des chemins différents.

Sans doute étais-je revenu « au pays » comme un héros, persuadé que les copains d'avant n'avaient pas cessé de penser à moi, le grand aventurier parti vivre au bout du monde. Certainement avais-je espéré qu'ils allaient me bombarder de questions sur Mayotte, ma vie là-bas, les baleines, les insectes, les baobabs. Mais Baptiste et Nico avaient simplement continué leur vie pendant ce temps, et se moquaient tout autant de Mayotte qu'avant mon départ ! Ils n'étaient pas plus curieux de ce que j'avais vécu depuis que nous nous étions quittés que moi de leur propre existence durant cette année et demie à Béthune. Et très vite, nous n'avons plus su quoi nous dire.

J'avais perdu le fil de la vie métropolitaine. Je ne connaissais plus le nom des héros de séries télé à la mode, celui des groupes qui faisaient fureur… Je ne connaissais pas les codes qui avaient remplacé ceux du temps où je vivais à Béthune, la manière de s'habiller, de se coiffer ou même de se dire bonjour en s'effleurant les mains puis en se cognant les poings l'un contre l'autre. Je n'étais pas un collégien d'ici.

Nous n'avions plus notre appartement, à Béthune, et pendant toutes les vacances de Noël, nous avons logé chez mamie. Pépé, le père de papa, nous a rejoints pour le 25 décembre, et lui aussi avait beaucoup vieilli. Veuf depuis des années, il vivait en Eure-et-Loir, dans un petit village perdu au milieu des champs beaucerons. C'était un homme discret, petit et peu bavard, que j'avais toujours trouvé beaucoup moins marrant que mes grands-parents maternels, et surtout moins que mamie qui était vraiment une grand-mère hors catégorie, faisant extrêmement bien la cuisine, couvrant ses petits-enfants de cadeaux, les emmenant à Paris pour leur anniversaire, à Lille ou Bruxelles pour leur fête…

Ce Noël des retrouvailles, à ses yeux, devait être exceptionnel. Et il l'a été.

Une table de conte de fées, un menu de rois – fruits de mer, foie gras, saumon fumé, chapon, bûche au chocolat –, un sapin de Noël qui touchait presque le plafond du grand hall de la maison avec à ses pieds un amoncellement de paquets-cadeaux multicolores.

Le soir, Lydie et moi étions soûlés de nourriture, de jeux, de rires et de la chaleur artificielle mais douce du chauffage central. Et nous nous sommes couchés groggy, hilares de nous blottir sous une lourde couette sans le ronron incessant de la climatisation.

Si je n'étais pas parvenu à renouer mon amitié avec Baptiste et Nico, j'avais replongé instantanément et avec gourmandise dans mon enfance familiale. Sans doute parce que c'était Noël et que mes grands-parents avaient tout fait pour reproduire à l'identique les nombreuses fêtes passées dans cette même maison, mais surtout parce que eux, à la différence de mes anciens copains, n'avaient pas changé malgré les marques du temps sur leur visage.

Pas une seconde dans les jours de vacances qu'il nous restait, je n'ai pensé à Mayotte, à mes camarades de classe de là-bas, à la saison des pluies.

Ce n'est qu'à l'aéroport que j'ai senti mon cœur se serrer. Mais pas de tristesse, ni de l'inquiétude que j'avais sentie lors de notre premier départ. Cette fois, je savais ce qui m'attendait, je connaissais ma vie là-bas. J'étais seulement ému de partir loin de « chez moi », de mettre entre mes grands-parents et moi non seulement des milliers de kilomètres mais un monde.

Maman était effondrée en embarquant dans l'avion. Je crois que ces vacances à Béthune lui avaient fait plus de mal que de bien. Pour elle, retourner à Mayotte semblait une torture, et ses au revoir à l'aéroport sonnaient comme des adieux.

C'était la période la plus dure de l'année sur l'île. La pire saison, encore pour quelques semaines jusqu'au début de l'hiver austral. Pourtant, j'ai nettement mieux supporté ce climat étouffant de chaleur et d'humidité que l'année précédente. C'est comme lorsque l'on fait en voiture ou à pied un chemin pour la première fois et qu'il nous semble très long. La fois d'après, parce que l'on sait où l'on va, que l'on a des points de repère, le même itinéraire donne l'impression d'être beaucoup plus court. Je savais ce qui m'attendait jusqu'au mois d'avril, et surtout qu'ensuite les températures baisseraient sensiblement, tout comme le taux d'humidité. Je m'acclimatais.

Françoise nous a invités à déjeuner chez elle un dimanche. Madjini, son mari, m'a tout de suite plu, et aussi leurs enfants, Maxime, douze ans, et Lucie, quatorze, si jolie que je n'ai pas osé dire un mot du déjeuner.

Madjini était l'un des très rares professeurs de lycée mahorais et, comment l'éviter quand quatre enseignants sont réunis autour d'une table, la conversation s'est mise à tourner autour du monde « merveilleux » de l'éducation.

– J'enseigne l'anglais, a dit Madjini. C'est la matière dans laquelle les jeunes Mahorais se débrouillent le mieux. Vous, en lettres, c'est une autre affaire.

– Quand on pense qu'on fait étudier Camus au lycée ! a dit mon père. Comment voulez-vous que des gamins d'ici y comprennent quelque chose ? Mais c'est le programme national !

– Le pire, c'est à l'école primaire, a expliqué ma documentaliste. Les gosses parlent à peine le français et on leur fait faire des dictées d'après des textes métropolitains. Ils ne connaissent pas la signification de la moitié des mots ! Simplement parce que ça leur parle de marronniers, de sapins, de faisans, d'écureuils et qu'ils n'en ont pas ici !

– On retrouve le même problème au collège, a dit mon père. J'ai un collègue qui a dû donner à ses élèves, pour le brevet, un sujet sur le réveillon de Noël ! À des musulmans !

– Et les élus clament que 80 % des élèves doivent aller jusqu'au bac ! a ajouté ma mère. C'est de la pure démagogie ! Je ne comprends pas ce qu'on fait ici.

Françoise lui a souri.

– C'est une question que chaque enseignant se pose un jour. Et il n'y a pas qu'une réponse. Elle dépend de chacun.

Il y a eu un silence, et mon père a demandé à Madjini où il avait fait ses études.

– La Réunion pour le bac, et ensuite en métropole, à Lyon.

– C'est là qu'on s'est rencontrés, a poursuivi Françoise.

– Ça n'a pas dû être simple ?

Madjini a souri.

– Nous deux, ça a été très simple immédiatement. Mais pas avec la famille.

– Vos parents l'ont mal pris ? a aussitôt demandé ma mère à Françoise.

– Mes parents ? Pas du tout ! C'est la famille de Madjini qui a posé problème. Que leur fils veuille épouser une Blanche était une véritable honte !

À la fin du repas, Françoise a proposé à mes parents que Lydie et moi venions passer le week-end suivant chez eux, pour faire vraiment connaissance avec leurs enfants.

Et une semaine plus tard, ces deux jours passés en compagnie de Françoise et de sa famille furent, depuis près de deux ans, mes premiers vrais moments de vie mahoraise. Pas de plongée sous-marine, pas de virée en bateau à moteur…

Ma sœur et moi avons suivi le rythme de vie de nos guides : Maxime et Lucie que je trouvais de plus en plus belle. Sa peau café au lait faisait ressortir le vert lagon de ses yeux et j'avais du mal à ne pas la dévisager sans cesse. Nous avons vadrouillé tous les quatre, sans la surveillance des adultes, dans la brousse, en ville, sur les plages, joué au foot avec des jeunes de leur quartier, écouté de la musique, regardé la télé. Nous avons simplement pris du bon temps sans nous poser de questions sur où nous étions et qui nous étions, pour la première fois depuis notre arrivée sur l'île. Et c'est en vivant enfin normalement à Mayotte que j'ai compris que c'est parce que je connaissais si mal la vie sur cette île que, inconsciemment, elle me faisait peur.

Le samedi soir, nous avons dîné en ville avec les parents de Maxime et de Lucie dans un mamas-brochettes, restaurant en plein air où nous avons mangé, installés sur des bancs et des tréteaux, des brochettes de zébu accompagnées de bananes et de manioc frits.

Madjini nous a parlé de son enfance à Mayotte, à une époque où Mamoudzou était un petit village, sans ces cases plantées partout et n'importe comment qui s'étirent sur des collines déboisées dont les pluies ravinent la terre rouge. Un temps où il n'y avait presque pas de voitures, où les routes carrossables ne faisaient pas encore le tour de l'île, où on ne faisait pas trois quarts d'heure de queue à la station-service, doublés par des piétons, dont de nombreux enfants que l'on voit marcher ensuite le long de la route, un jerrycan plein sur la tête. Il a parlé de la rapidité de l'évolution de son île, de l'arrivée des supermarchés, des marques métropolitaines, des téléphones mobiles.

– Avant l'arrivée des métros, a-t-il précisé, et c'est valable pour l'ensemble des îliens, que ce soit les Guadeloupéens, les Tahitiens, les Réunionnais, tous étaient des peuples de marcheurs. Des marcheurs, des cueilleurs et des pêcheurs. Le lagon est plein de poissons et la brousse regorge de fruits. Il y a vingt-deux sortes de bananes différentes sur l'île ! Tout ce petit monde, maintenant, fait la queue au supermarché. Et comme en métropole, ils ont besoin d'une voiture pour s'y rendre ! Et les mêmes, ensuite, parce qu'ils l'ont toujours fait, et leurs parents avant eux, jettent leurs détritus par la fenêtre de la case, par habitude mais aussi par tradition car, en jetant ce qu'on ne consomme pas, on peut en faire profiter un autre être vivant. Sauf que le plastique a remplacé les matières biodégradables, que les boîtes de soda ont fait leur apparition, et que l'île croule désormais sous ses déchets !

Madjini nous a également expliqué comment fonctionnaient les taxis-brousse qui s'arrêtent n'importe où et prennent plusieurs clients à la fois, et comment on fait du stop sur l'île : main ouverte si on veut être pris gratuitement, main fermée si l'on est prêt à payer pour le service.

J'ai aimé aussi quand ils ont parlé de leur difficulté à faire accepter leur couple mixte, autant dans le cercle familial que dans celui des amis, mahorais comme métropolitains. J'avais l'impression de soudain mieux comprendre ma vie ici, ma position, celle de mes parents.

Je suis revenu de ce week-end avec l'impression d'être changé, d'avoir grandi. Cette sensation avait sans doute à voir avec ce qui s'était passé entre Lucie et moi, le dimanche soir avant que mes parents viennent nous chercher.

Lydie et Maxime jouaient au rez-de-chaussée, et j'écoutais de la musique dans la chambre de Lucie. Je ne sais comment, mais nous en étions venus à parler des relations entre les garçons et les filles. Lucie avait deux ans de plus que moi, et elle se jouait de ma naïveté et du fait qu'elle avait tout à fait conscience que j'étais tombé sous son charme.

– Ici, les filles sont considérées comme des femmes dès la puberté, tu sais ? m'a-t-elle dit.

J'ai fait oui de la tête d'un air assuré alors que j'étais loin de savoir comment la puberté se manifestait chez les filles.

– La vie sexuelle commence beaucoup plus jeune qu'en métropole.

J'ai dégluti, incapable de dire un mot.

– Mais attention, les filles doivent arriver vierges au mariage. Sauf qu'on se marie beaucoup plus tôt ! Mais une fille qui perd sa fleur est la honte de la famille et aucun garçon n'en voudra !

Même si je n'étais pas bien sûr de comprendre

ce que voulait dire « perdre sa fleur » pour une fille, je me suis senti rougir jusqu'aux oreilles.

Lucie a souri.

– Tu sais ce que c'est « le gouroi » ?

– Non.

– C'est faire l'amour, mais sans pénétration. En se frottant seulement.

Cette fois, j'étais au bord de la crise cardiaque.

– Toutes les jeunes Mahoraises font ça, ici, jusqu'à ce qu'elles trouvent un garçon sérieux.

J'étais en apnée depuis trop longtemps quand, les yeux pétillants, elle m'a dit :

– T'as jamais vu une fille nue, toi !

Je suis resté la bouche ouverte, aussi muet que les tortues avec lesquelles j'avais nagé des mois plus tôt.

Alors Lucie s'est levée du lit sur lequel elle était assise et en deux mouvements, s'est retrouvée totalement nue devant moi.

Mon cœur battait si fort qu'il me faisait mal. Je n'avais rien vu d'aussi beau de ma vie. Ni d'aussi intimidant.

Nous sommes restés quelques instants sans bouger, Lucie me faisant face, son regard bien droit. Puis elle a brusquement remis ses vêtements et m'a dit avec amusement :

– Vous, les métros, vous ne savez vraiment pas y faire avec les filles. Vous êtes bien trop coincés. Vous en faites tout un plat !

5

Troisième rentrée à Mayotte. Nous en étions à la moitié de notre vie là-bas et quelque chose a changé. La prochaine rentrée serait la dernière, avec l'avion au bout de l'année scolaire. Nous avions visité l'île dans tous les sens et nous avons brusquement cessé de nous balader en famille. La routine s'était installée, qui est rapidement devenue de l'attente. Celle du départ, de la nouvelle vie en métropole qu'il fallait déjà organiser. C'était le seul sujet de conversation qui sortait maman de sa torpeur, de sa déprime. Elle était devenue amère, toujours fatiguée, et accumulait les congés maladie. Je n'ai jamais compris pourquoi ils ont décidé, dans ces conditions, de rester quatre ans alors qu'ils auraient pu ne pas renouveler leur contrat au bout de deux. Maman n'en pouvait plus des tropiques, du climat, de la nourriture, de son travail. Elle commençait même à laisser échapper des phrases franchement racistes au fil de ses conversations, et ce qui, des mois plus tôt, était des doutes sur sa mission à Mayotte devenait des affirmations négatives et méprisantes.

Papa et elle parlaient de plus en plus de la maison qu'ils voulaient acheter dans le Nord. Ils rêvaient de Bondues, une petite bourgade à un quart d'heure de Lille, depuis qu'ils avaient eu la confirmation de leur mutation dans ce département. Ils faisaient des comptes, calculaient et recalculaient le montant de leur prime non imposable d'expatriés, l'additionnaient à leurs économies, évoquaient les taux de prêt immobilier. En métropole, mamie et Solenn, la meilleure amie de maman, avaient déjà pour mission de faire le tour des agences immobilières à la recherche de la maison de leurs rêves. Par mail, ils recevaient de temps en temps des photos, des annonces qui, de plus en plus, occupaient toutes leurs pensées. Pour eux deux, Mayotte n'était déjà plus qu'un décor.

L'inverse était en train de se produire pour moi.

Le jour de ma rentrée en quatrième, je me suis retrouvé assis à côté d'une Mahoraise qui avait deux ans de retard. J'en aurais quatorze quelques semaines plus tard, elle en avait quinze. Elle s'appelait Zaïnaba et avait un visage rond, lunaire, qui s'éclipsait parfois derrière un sourire lumineux. Elle portait une tenue traditionnelle, noire et blanche, très élégante, et son parfum était fortement vanillé.

Zaïnaba parlait un français correct mais l'écrivait quasiment en phonétique, avec des fautes d'enfant de CE1. Elle ne retenait pas les cours d'histoire, de géographie et, en quelques semaines seulement, n'éveillait plus chez la plupart des profs que des haussements d'épaules et des soupirs exaspérés.

J'étais toujours un très bon élève, et j'ai eu envie de l'aider.

Zaïnaba était appliquée, elle voulait bien faire mais n'y parvenait pas. Pourtant, elle était vive, drôle, et bien mieux armée que moi pour affronter la vie. À quinze ans, elle semblait une femme et je ne pouvais m'empêcher de me dire que son seul problème était sa présence dans ce collège.

À force de réviser ensemble, à l'heure du déjeuner, un peu le soir après les cours, nous sommes devenus amis. Plus que cela, sans doute. Le visage de Zaïnaba s'illuminait quand elle me voyait le matin et elle s'arrangeait pour ne pas me quitter de la journée. J'avais de l'affection pour elle, peut-être parce que j'aimais mon rôle de « soutien scolaire » qui me donnait l'impression d'être important, et plus âgé que je ne l'étais. C'était toujours mon grand problème vis-à-vis des autres collégiens : je me sentais un gamin, et j'avais honte de mon immaturité.

Un soir du deuxième trimestre, la veille d'un contrôle de maths, Zaïnaba a insisté pour qu'on aille réviser chez elle. Elle était venue chez nous, connaissait Lydie, mais c'était la première fois que j'allais dans sa famille.

Entourés d'une clôture en palmes de cocotier tressées renforcée de plaques de tôle et de sacs de riz cousus entre eux, les murs de la case principale étaient en torchis et son toit en tôles ondulées. Une femme était allongée sur le flanc, à même le sol de la véranda, et quatre enfants entre un et cinq ans jouaient dans la terre rouge de la cour. L'un d'eux, d'environ un an et demi, est accouru de sa démarche encore hésitante pour s'accrocher aux jambes de Zaïnaba qui l'a embrassé et lui a dit quelques mots en shimaoré.

– Tu as beaucoup de frères et sœurs ? j'ai demandé.

– En comptant les demis ?

– Les demis ?

– Mon père a quatre femmes et, en tout, quinze enfants, ce qui me fait quatorze frères et sœurs si on compte les demis.

Elle s'est tournée vers la femme allongée et lui a dit une phrase qui lui a valu une réponse sèche que, bien sûr, je n'ai pas comprise.

– C'est ma mère, m'a expliqué Zaïnaba. Je lui ai dit que je devais faire mes devoirs. Normalement, c'est à moi de m'occuper des petits et de préparer le repas.

Dans la cour se trouvaient le coin toilettes et une douche qui me faisait penser aux westerns que j'avais vus à la télé où le héros, abrité par une palissade de tôle, se renverse le contenu d'une citerne sur la tête. Il n'y avait pas l'eau courante dans cette partie du village, mais une antenne parabolique était fixée sur le tronc d'un cocotier. Après un poulailler et un garde-manger sur pilotis, se trouvait une case plus petite, couverte de palmes de coco.

– C'est chez moi. Mes frères vivent dans leurs *bangas*, ailleurs dans le village.

– C'est quoi, ça, les *bangas* ?

– Des petites cases pour les jeunes ! Normalement, c'est que pour les garçons, mais comme, à part les petits, il n'y a plus que des filles à la maison et que je suis la plus grande, j'ai réussi à m'installer là. Dans la grande case, y a que deux *fukos* : la chambre de l'homme, qui donne sur la rue, et la chambre de la femme, côté cour. Mon père passe une fois par mois, des fois deux.

Il n'y avait qu'une pièce dans le banga de Zaïnaba. Le sol était en terre battue, les murs en torchis.

– Ça te plaît ? m'a-t-elle demandé en refermant la porte derrière elle.

Mes yeux ont mis du temps à s'habituer à la soudaine pénombre mais oui, l'endroit me plaisait, sa relative fraîcheur, la lumière qui filtrait à travers le tissu coloré qui occultait l'unique fenêtre, le tissu chamarré qui recouvrait le lit… Puis j'ai regardé Zaïnaba et me suis senti rougir tant elle me fixait avec intensité. Elle m'a souri, mais pas de sa manière habituelle ; il y avait quelque chose de nouveau dans son regard, ou plutôt quelque chose que je n'avais pas encore su voir. Car si je ne le comprenais qu'à l'instant, il était soudain évident que Zaïnaba était amoureuse de moi depuis le premier jour.

J'ai oublié la note catastrophique que nous avons obtenue, le lendemain, au contrôle de maths, mais rien des minutes qui ont suivi mon entrée dans la chambre de Zaïnaba. Pas les mots prononcés, ni le détail des gestes faits, mais les sensations de peur, de panique, d'euphorie, de plénitude qui se sont bousculées en moi.

Zaïnaba s'est mise nue. Mais pas comme Lucie des semaines plus tôt : beaucoup plus nue, vraiment nue, pas pour se jouer de moi ni jouer avec moi. Pas pour « le gouroi » mais bien pour l'amour. J'étais incapable du moindre geste, c'est elle qui m'a déshabillé puis m'a guidé en elle.

À peine vingt secondes plus tard, elle a éclaté de

rire, mais sans aucune méchanceté ni moquerie. Simplement, naturellement, elle a dit :

– Avec vous, les Blancs, au moins, c'est du rapide !

Sans doute avec n'importe qui d'autre aurais-je été profondément humilié, au lieu de quoi j'ai ri à mon tour, me débarrassant ainsi de toutes mes inhibitions.

Alors, nous avons pu faire l'amour, et c'était comme si le monde se révélait à moi, la brume de l'enfance s'évanouissant à jamais.

Allongé à côté d'elle quelques minutes plus tard, nu et en sueur, je me donnais l'impression d'être le personnage de l'un de ces films où, toujours, le héros et l'héroïne se retrouvent dans un lit après l'amour, lui s'allumant une cigarette qu'elle lui emprunte avant de se lever et de se couvrir de sa chemise d'homme trop grande.

Bien sûr, dans ces films, les murs ne sont jamais de torchis, et il n'y a pas de margouillats au plafond. Bien sûr, dans ces films, le héros est un homme, et non un gosse tremblant d'émotion.

On a frappé à la porte et la voix de la mère de Zaïnaba a retenti, mal aimable.

Mon amante s'est aussitôt levée du lit, nue et superbe, et m'a dit qu'il fallait qu'elle aille s'occuper de son garçon.

Elle s'est rhabillée, m'a embrassé, m'a dit qu'elle m'aimait et est sortie. Mais je n'ai pas entendu cette déclaration d'amour tant j'étais sous le choc des mots prononcés juste avant et que je venais à peine de comprendre : le garçonnet qui s'était jeté dans les jambes de Zaïnaba à notre arrivée était son fils.

Zaïnaba ne m'a raconté que plus tard sa liaison avec un garçon qui n'était « pas sérieux », le déshonneur d'avoir perdu sa virginité avant le mariage, l'accouchement à la maternité de Mamoudzou, l'établissement français où il y a le plus grand nombre de naissances par an. Le regard des hommes qui a changé sur elle, jusqu'à ceux de sa famille. Du jour au lendemain, elle était devenue une fille facile, une presque putain, même aux yeux de sa mère.

Elle était en pleine contradiction. Pour elle, même après ce qui lui était arrivé, même après la naissance de son fils alors qu'elle n'avait pas encore quatorze ans, si un garçon aime une fille, il doit lui faire un enfant. C'est la preuve ultime d'amour... à condition, bien sûr, qu'il y ait mariage. Zaïnaba, comme beaucoup de jeunes femmes à Mayotte, ne voulait plus de la polygamie qui, d'ailleurs, est depuis peu officiellement interdite. En vérité, les hommes n'y tiennent pas non plus tant il est difficile de faire vivre plusieurs familles dans une île où le taux de chômage est trois fois plus élevé qu'en métropole et le Smic deux fois plus bas. Zaïnaba rêvait d'un seul homme pour toute sa vie, aimant et fidèle.

Où me situais-je là-dedans ? J'étais incapable de seulement me poser la question. J'étais envoûté par le corps de mon amante et par ce qu'il faisait de moi. Par l'amour que je lisais dans le regard de Zaïnaba, l'idée que j'avais été capable d'éveiller ce mélange de tendresse et d'avidité qui compose le désir.

J'étais accro à l'amour, à mon impression d'être un homme, au plaisir que nous nous donnions, Zaïnaba et moi, à l'infinité des sensations dont mon corps, mon cœur, mon âme étaient soudain capables. J'avais enfin l'impression d'être entier, moi-même, débarrassé de cette attente inconsciente qui m'accompagnait depuis toujours. Plus rien d'autre que le couple que je formais avec Zaïnaba ne m'intéressait, n'avait de place en moi. Comment les cours, la vie de famille ou même la mer, la pluie et le soleil auraient pu rivaliser avec ce qu'étaient capables d'inventer nos deux corps enfiévrés ?

Mes résultats scolaires ont brusquement chuté et nous nous sommes mis à sécher les cours pour faire l'amour, partout, tout le temps.

Françoise s'est rapidement arrangée pour croiser mon chemin.

– Je ne te vois plus souvent au CDI, Hugo.

– Je…

– Ne me mens pas. Pas à moi. Tu me prends pour une idiote ?

Je n'ai pas su quoi répondre et Françoise a continué, sans agressivité :

– Tu crois que je n'ai pas compris ce qui se passe avec Zaïnaba ? Tu crois que tu es le premier petit Blanc à succomber au charme d'une jeune Mahoraise ?

Elle m'a souri.

– Je ne te fais pas de reproches, Hugo, je ne te juge pas. C'est ta vie, et je n'ai pas mon mot à dire. Mais fais attention. Ce n'est pas parce que tu y as passé deux ans et demi que tu connais Mayotte. Que tu connais les Mahorais, et encore moins les Mahoraises. Fais attention à Zaïnaba, elle a déjà pas mal souffert. Elle est folle de toi, ça saute aux yeux. Et ce n'est pas parce qu'elle a déjà un enfant, qu'elle a eu une sexualité précoce, qu'elle n'a pas besoin d'amour. Ce serait une grave erreur de penser cela.

– Mais je l'aime ! j'ai dit très sincèrement pour ma défense.

– Est-ce que tu l'aimes elle, ou est-ce que tu aimes l'amour ?

J'allais répondre mais elle m'en a empêché :

– C'est une question difficile, Hugo. Tu n'es pas obligé de répondre. Je te crois, quand tu me dis que tu l'aimes. Je te crois sincère. Mais promets-moi juste de te poser cette question de temps en temps.

J'ai fait oui de la tête et Françoise a ajouté :

– Est-ce que vous vous protégez ?

J'ai aussitôt pensé au sida et elle a dû le comprendre.

– Je ne parle même pas du sida, Hugo ! Il y a aussi les bébés !

Je suis reparti, pensif. Même si tout mon corps me l'affirmait, étais-je vraiment amoureux de Zaïnaba ?

Je devais la rejoindre chez elle et j'ai salué sa mère quand je suis entré. Elle était toujours allongée sous la véranda et s'était habituée à mes allées et venues. Elle me faisait un peu peur depuis que Zaïnaba m'avait expliqué qu'elle était envoûtée par un djinn, un esprit qui la faisait s'exprimer de temps en temps dans une langue inconnue. C'était un phénomène dont j'avais déjà beaucoup entendu parler, les djinns étant très présents dans la culture mahoraise. Mais si j'en avais ri les premiers temps, n'y portant pas plus d'attention qu'aux farfadets ou korrigans que l'on trouve dans les contes métropolitains, je commençais à ne plus savoir quoi en penser depuis que Zaïnaba elle-même m'avait expliqué avec le plus grand sérieux qu'elle aussi avait un esprit qui, de temps en temps, venait lui jouer des tours.

Elle m'attendait dans sa case et j'avais bien l'intention de lui parler d'amour et de contraception, je ne savais pas dans quel ordre.

Elle s'est jetée à mon cou et s'est déshabillée en me demandant si je ne la trouvais pas trop maigre. C'est à Mayotte l'inverse de la métropole : une jolie fille est une fille grosse, et les minces, ici, prennent de la périactine pour gagner du poids et des formes, même si c'est une substance interdite.

Zaïnaba prenait des poses devant moi comme un mannequin sur un podium et je la trouvais parfaite, plus que cela, même. J'ai instantanément oublié mes questions, mes peurs, et l'ai entraînée sur le lit.

6

Je suis passé de justesse en troisième, avec une moyenne catastrophique.

Mes parents étaient bien trop occupés par l'achat de la maison de leurs rêves pour se rendre compte de quoi que ce soit. Ils vivaient déjà dans le futur, en métropole, et c'était à peine s'ils me trouvaient changé, peut-être juste un peu plus désagréable qu'avant, ce qu'ils mettaient sur le compte de l'adolescence, cette « maladie » inévitable mais passagère qui faisait dire à ma grand-mère : « Ça lui passera avant que ça me reprenne ! »

Lydie, elle, était censée être encore une charmante enfant. Elle aurait bientôt onze ans et j'étais, semblait-il, le seul à voir qu'elle faisait maintenant semblant d'être charmante. Elle fayotait, et me tapait sérieusement sur les nerfs. En réalité, elle avait commencé à perdre son naturel, son intérêt pour tout, son adoration pour nos parents. Elle avait commencé sa mue, l'abandon des ailes d'ange de l'enfance dont je m'étais débarrassé avec soulagement dans les bras de Zaïnaba.

La bombe a explosé un vendredi, entre une heure de maths et une heure d'arts plastiques.

– Il faut que je te parle ! m'a dit Zaïnaba à voix basse.

Nous n'étions pas seuls, entourés des autres camarades de classe, marchant entre deux salles.

– J'attends un bébé.

J'ai immédiatement cessé de marcher. En quelques fractions de seconde, mon cerveau a fait une complexe gymnastique : Zaïnaba attendait un enfant, et donc, elle m'avait trompé avec un autre. J'ai aussitôt découvert la jalousie, la vraie, celle des hommes et des femmes, pas celle des enfants qui veulent un cadeau ou un gâteau plus gros que leurs frères et sœurs. Mais cette brûlure intense et nouvelle n'a duré qu'un instant, le temps d'échanger un regard avec Zaïnaba et de comprendre comme une foudroyante évidence que c'était de moi qu'elle était enceinte.

Elle me faisait face, souriante, et moi, je restais la bouche ouverte, au-delà des mots et des sentiments. Paralysé, sincèrement incapable de réfléchir, de parler, de souffrir ou de me réjouir.

Je suis resté dans cet état d'hébétude durant toute l'heure suivante, assistant au cours sans l'entendre, répondant sans doute machinalement à la prof, à mon voisin de table…

Petit à petit, de premières sensations me sont venues, et avec elles un profond malaise. Il me restait une heure d'anglais avant le déjeuner mais je n'ai pas eu la force d'y assister. Je suis parti, suis sorti du collège et j'ai marché le long de la route jusqu'à me retrouver sur une plage déserte au sable marron foncé.

Je n'étais pas préparé à ça. Rien de ma vie passée, de mon monde, ni mes parents, ni mes amis, ni mon éducation ne m'avait préparé à ça. J'avais tout juste quinze ans et je venais d'être brutalement parachuté (mais sans parachute) dans un univers parallèle, une vie qui n'était pas censée être la mienne, ou plutôt pas encore la mienne. Et c'était au-dessus de mes forces, au sens propre.

C'était impensable, et je comprenais soudain que j'avais encore inconsciemment, malgré tout ce qui s'était passé ces derniers mois, une image enfantine de moi-même. L'idée d'être père ne m'avait tout d'abord même pas effleuré ! Comme si, n'y étant pas prêt mentalement, mon corps, lui, n'en était pas capable !

La mer était paisible, immuable, insouciante, et j'ai eu envie de m'y baigner. J'ai ôté ma chemisette, mon pantalon, mes tongs et, en caleçon, suis entré dans l'eau claire. Elle m'a semblé fraîche, moi qui, trois ans plus tôt, étais capable de me jeter dans l'eau à 17 degrés de la Manche sans hésiter, je commençais à faire la fine bouche avec celle, à 27 ou 28, de l'océan Indien.

J'ai nagé de longues minutes et cela m'a apaisé. J'ai pu enfin commencer à réfléchir et toute la démesure de l'événement m'a pesé sur le corps.

Zaïnaba attendait un enfant de moi.

Je ressentais un curieux mélange de sensations fait de stupeur, de peur et d'une fierté instinctive et ridicule. Je me suis mis sur le dos pour faire la planche, le visage plongé dans le bleu immaculé du ciel, et me suis reposé la question suggérée par Françoise : « Est-ce que tu l'aimes elle, ou est-ce que tu aimes l'amour ? »

La nouvelle de la grossesse de Zaïnaba avait dû brusquement m'ouvrir les yeux et le cœur, car la réponse à cette question m'est aussitôt apparue : Non, je ne l'aimais pas vraiment, j'avais seulement été amoureux d'elle. Or, je le comprenais au même instant, être amoureux, même le plus sincèrement du monde, pouvait être un sentiment égoïste.

J'avais aimé l'amour avec Zaïnaba, physique bien sûr, mais pas seulement. J'avais aimé l'idée d'être amoureux d'elle et qu'elle le soit de moi. Le désir que nous avions l'un de l'autre, le plaisir que nos corps, comme par magie, étaient capables de se donner. J'avais aimé nos rendez-vous clandestins, cette sensation grisante de vivre enfin, qu'il se passe enfin quelque chose de fort dans ma vie, une chose qui ne venait pas de mes parents, n'avait rien à voir avec eux, avec leur vie, mais seulement avec la mienne. J'avais aimé être tendre avec mon amoureuse, attentionné, fort parfois, dominant. J'avais adoré me sentir un homme auprès d'elle.

J'avais tout vécu intensément et sincèrement, généreusement même, mais je n'aimais pas assez Zaïnaba pour envisager de partager le reste de ma vie avec elle ou d'être le père de son enfant.

Des larmes se sont mises à couler de mes yeux pour se mêler à l'océan. Je pleurais de déception de moi-même et de honte de comprendre qu'inconsciemment, j'avais toujours considéré mon histoire avec Zaïnaba, à l'image de ma vie à Mayotte, comme passagère. Bien sûr, rien n'était calculé, je ne m'étais jamais dit que, puisque je devais repartir au bout de quatre années, tout m'était permis ! Mais c'était inscrit en moi, contre ma volonté, ma raison. C'était une composante de ma présence ici, l'un de ses fondements. Et, grisé, je n'avais pas pris le temps, ou pas voulu le prendre, de penser que la fin de mon séjour sonnerait celle de mon aventure avec Zaïnaba alors que c'était une évidence.

Je n'avais bien été qu'un m'zoungou à Mayotte.

J'ai retrouvé Zaïnaba à l'heure du déjeuner, comme prévu. Elle m'attendait dans son banga, assise sur son lit, notre lit, immobile dans la semi-pénombre.

Quand je suis entré, elle a levé ses grands yeux sur moi et j'ai vu qu'elle aussi avait pleuré.

– J'ai cru que je ne te reverrais pas ! m'a-t-elle dit d'une voix tremblante.

Je n'ai pas répondu et c'est elle qui a enchaîné :

– Tu n'es pas content, Hugo. Tu n'es pas content pour notre bébé !... Vous les Blancs, vous en faites tout un drame, des bébés, alors que c'est que de la joie !

J'avais envie de lui demander quelle joie lui avait donnée son premier-né, ce petit garçon qui marchait à peine et dont elle s'occupait si peu. Ce bambin qui traînait tout le jour à moitié nu dans la cour et qui ne lui avait apporté que le déshonneur et l'irrespect des siens.

– Moi je l'aime, notre bébé, a-t-elle poursuivi, parce que je t'aime, Hugo. Tu es doux avec moi, tu es tendre. Tu es le premier garçon à être si gentil. Tu me donnes du plaisir, aussi. Je suis bien avec toi, et le bébé, il va te ressembler.

J'avais la gorge nouée. Une profonde tristesse était en train de m'envahir, de s'immiscer dans les moindres recoins de mon corps et de mon âme. J'écoutais Zaïnaba, sa bouleversante déclaration d'amour que je savais irrecevable.

– Je veux vivre avec toi, Hugo. Je peux te suivre en métropole, là-bas, dans ton pays. On vivra avec le bébé et on sera bien. Hugo, moi je sais que tu es l'homme de ma vie.

Je comprenais comment elle disait cela, avec quelle sincérité, et pourtant, je ne pouvais m'empêcher de recevoir ces mots magnifiques de travers, de les pervertir inconsciemment par des pensées qui, très confuses dans l'émotion du moment, se sont clarifiées depuis à force d'y réfléchir.

Moi, le Blanc, le m'zoungou, le métropolitain à qui tous les espoirs étaient permis, pour qui les parents se mettaient et se mettraient en quatre, qui aurait son bac en métropole, puis l'opportunité de faire des études, moi, Hugo, quinze ans, j'avais le pouvoir de changer la vie de Zaïnaba. Sans moi, quel était son avenir ? Elle avait seize ans, était mère d'un enfant, en attendait un autre, avait une armée de frères et sœurs, un père quasiment absent, une mère envoûtée par un djinn et elle n'aurait pas son bac. Quel était son avenir dans une Mayotte qui aspirait au mode de vie métropolitain ? En me déclarant que j'étais l'homme de sa vie, je savais qu'elle voulait me dire qu'elle se savait capable de m'aimer toute sa vie, et pourtant, sans même m'en rendre compte, je ne pouvais m'empêcher d'entendre que j'étais l'homme qui pouvait la sauver. Et je détestais cette pensée, la position de Blanc privilégié que m'avait imposée notre installation provisoire à Mayotte. À l'instant, je détestais mes parents pour m'avoir amené ici, pour m'avoir infligé ce statut, ces idées, cette situation trop grande pour moi.

La vie de Zaïnaba, bien sûr, serait très différente si elle venait vivre avec moi en métropole. Mais cela n'arriverait pas. J'en avais la certitude, c'était inscrit dans les larmes que je peinais à retenir. Car je savais que j'allais me comporter comme le petit Blanc craintif et assisté que j'étais et que je me suis mis à haïr. J'allais m'en remettre aux autres, aux adultes. Me sentir un homme dans les bras de Zaïnaba n'avait été qu'une chimère. Je ne méritais pas ce qui s'était passé entre nous. Je n'étais pas à la hauteur.

Je n'ai pas osé parler à mes parents. Alors j'ai tout dit à Françoise.

Elle a eu la délicatesse de ne rien me reprocher, de ne pas me rappeler qu'elle m'avait prévenu. Elle a juste eu l'air triste.

Ensuite, je me suis abandonné au courant violent qui traversait ma vie.

Mes parents ont pris les choses en main et tout s'est organisé en quelques jours. J'ai été inscrit d'urgence dans l'ancien collège où travaillaient mes parents à Béthune pour y terminer ma troisième. J'allais m'installer chez mes grands-parents maternels et mon avion décollait quatre jours plus tard.

Je n'ai jamais remis les pieds au collège et je n'ai pas eu le droit de revoir Zaïnaba.

Un soir, depuis ma chambre, j'ai entendu mes parents discuter. Ma mère a tenu des propos que j'aurais voulu ne pas entendre :

– Qu'est-ce qu'elle croyait, cette négresse ? Qu'elle allait piéger notre fils et qu'on allait la laisser faire ! C'est trop facile…

À l'instant précis où j'ai malgré moi entendu ces mots, j'ai su que de ma vie, je ne les oublierais jamais. Qu'est-ce que Mayotte avait fait de nous ? De mes parents, de moi, de ma mère qui m'avait toujours enseigné la tolérance ?

Non, Zaïnaba n'avait pas voulu me piéger. Elle m'avait aimé sincèrement, avait trouvé en moi ce qu'elle appelait l'homme de sa vie et, comme moi, s'était abandonnée à l'amour avec insouciance. Cet enfant, elle ne l'avait pas fait seule.

J'ai caché ma tête sous mon oreiller. Je ne voulais plus entendre, rien, jamais. Quelque chose s'était brisé en moi, entre mes parents et moi. J'avais honte de ma vie.

Françoise m'attendait à l'entrée de la barge pour me faire ses adieux. Nous sommes tombés dans les bras l'un de l'autre et elle m'a serré fort.

– N'oublie rien de ce que tu as vécu ici, Hugo, m'a-t-elle dit à l'oreille alors que mes parents et Lydie attendaient en retrait.

– Mais je n'y ai rien compris ! ai-je répondu, les larmes aux yeux.

– Ça viendra, Hugo. Ça viendra…

Deux heures plus tard, à l'aéroport de Pamandzi, mes au revoir à ma famille ont été embarrassés. Ma mère m'a dit que ce ne serait pas long, qu'ils rentraient en métropole l'été suivant, que la nouvelle maison serait prête à l'automne et que nous reprendrions notre vie normale. Mon père m'a dit qu'il m'aimait, et Lydie a pleuré.

Dans l'avion, au moment où deux hôtesses de l'air ont vidé des bombes insecticides pour ne pas risquer d'emporter avec nous des moustiques mahorais, j'ai eu la vision très claire des deux destins qui s'offraient encore à moi. Il me suffirait de me lever à l'instant et d'exiger de redescendre de l'avion pour changer radicalement le cours de mon existence. Je pourrais devenir le père de l'enfant que portait Zaïnaba et mener une autre vie que celle pour laquelle j'étais programmé. Mais je n'ai pas bougé de mon siège et j'ai attaché ma ceinture quand on me l'a demandé.

L'avion a roulé sur le tarmac et s'est arraché du sol. J'étais assis près d'un hublot et quand nous avons survolé la passe en S, j'ai vu des dizaines de dauphins. Du ciel, Mayotte ressemble à un hippocampe qui aurait la tête en bas, et les limites de son lagon sont parfaitement visibles.

J'ai soudain fondu en larmes. J'étais épuisé, à bout de forces. Ma voisine m'a regardé en coin et je me suis tassé sur mon siège, collé contre la paroi de l'avion, les bras autour de ma tête, mains accrochées aux cheveux, coudes sur les cuisses. Et j'ai sangloté ainsi de longues minutes en me disant que je ne reverrais plus Mayotte. Ni Zaïnaba. C'était derrière moi, terminé. Un pan de ma vie venait de s'achever. Dans seize heures, je serais à l'autre bout du monde.

L'eau du bain a refroidi et, avec mes pieds, j'actionne le robinet. J'aime cette sensation de chaleur qui me gagne par les jambes et remonte lentement le long de mon corps. J'ai toujours adoré les bains brûlants et je n'arrête l'eau que lorsque la température devient insoutenable et ma peau écarlate.

Je repense à mon père, à sa question piège, à la réponse que je ne suis plus loin de trouver. Je crois que mes parents ne comprennent rien à qui je deviens. C'est Françoise qui avait raison lorsque, le jour de mon départ, elle m'a dit qu'un jour, je comprendrais. Pas forcément Mayotte, mais l'influence que cette île a eue sur moi.

C'est drôle comme avec le temps, la mémoire enjolive les choses. Petit à petit, avec les mois qui passent, qui me séparent maintenant de la vie là-bas, je commence à faire le tri dans mes souvenirs et à donner plus d'importance aux bons qu'aux mauvais. Il m'arrive souvent, à n'importe quel moment, de penser à Mayotte. Par exemple, quand les journées rallongent, vers 17 heures, je me dis que la nuit doit être en train de tomber sur le lagon, sur Mamoudzou, sur mon ancien collège, sur le banga de Zaïnaba… Et s'il n'y a aucune nostalgie dans ces pensées, il y a au moins une forme de tendresse pour ceux que j'ai connus. Que sont-ils en train de faire au moment où, moi, je sors du lycée ? Quelle température fait-il alors qu'ici, nous avons les premières gelées ? Françoise a-t-elle assisté, comme elle aime à le faire, à l'accueil des nouvelles recrues de l'Éducation nationale au Barfly ? Zaïnaba a-t-elle pu continuer ses études ?…

Mayotte fait partie de mon parcours, de mes souvenirs. Et je sais désormais que mon séjour sur cette île, après coup, a changé ma vie, ou tout du moins, a influé sur son itinéraire. Car c'est après mon retour que tout s'est joué.

II

L'autre bout du monde

7

À mon retour, en plein hiver, j'ai eu autant de mal à me réadapter à la vie métropolitaine que j'en avais eu à trouver ma place dans la société mahoraise. Les premiers temps, j'avais l'inconfortable sensation de ne plus être de nulle part.

Chez mes grands-parents, j'avais à ma disposition la grande chambre du second étage que, durant les vacances, je partageais avec Lydie. Vingt-cinq mètres carrés rien que pour moi, seul à cet étage, et tout le monde qui me traitait si gentiment que j'avais l'impression d'être un convalescent. Comme si Mayotte avait été pour moi une maladie, un virus exotique, et ce qui avait précipité mon départ un accident dont j'étais la victime. Papi et mamie ne parlaient jamais de ce qui s'était passé. Pas de reproches, pas de sermon ; ils faisaient tout pour me rendre la vie facile et me permettre de reprendre le cours d'une vie « normale ». Normale aux yeux de qui ? me demandais-je confusément de temps en temps, sans oser aller plus loin dans ce type de réflexion.

Au collège, je n'avais pas envie de me faire de

nouveaux amis. Je me sentais étonnamment mal à l'aise avec les jeunes de mon âge. Aucun d'entre eux ne me rejetait ni me tenait à l'écart, c'était moi qui refusais de jouer le jeu. Car il s'agit bien d'un jeu, non ? Ces conversations enflammées sur des sujets sans importance, ces blagues et expressions à la mode, ces magazines qu'il faut absolument lire, ces programmes télé qu'il faut avoir vus… Tout me semblait ridicule, mais en même temps, je souffrais de ne pas en être, de ne pas parvenir à redevenir un adolescent ordinaire, de ne plus savoir apprécier ou me contenter de la vie de mes semblables. Sans doute avais-je grandi trop vite, à Mayotte, même si là-bas, je m'étais finalement comporté comme un gosse. Trop immature pour Mayotte, trop mûr pour Béthune ? Je flottais entre deux eaux : ni triste, ni gai, ni en colère, ni résigné. Flottant. À côté de moi-même et des autres.

J'ai revu Baptiste et Nico, qui n'étaient pas dans mon collège. Aussi peu à leur aise que moi, ils se sont mis à parler à tort et à travers pour meubler mon silence. Ils m'ont raconté leur vie, montant en mayonnaise des événements insignifiants, parlant des filles en véritables spécialistes alors que, j'en étais certain, ils n'en avaient même jamais embrassé une, jouant les rebelles vis-à-vis de leurs parents aussi dévoués que les miens, et de leurs profs. J'ai été tenté de leur dire que j'avais passé les derniers mois à faire l'amour plusieurs fois par jour et que là-bas, au bout du monde, une fille attendait un enfant de moi. Mais ils ne m'auraient pas cru, et au fond, je n'avais pas envie d'en parler, de mêler

Zaïnaba à cette vie métropolitaine qui, à mon grand désarroi, me paraissait superficielle.

Je n'allais pas bien. Si ma position de Blanc privilégié à Mayotte m'avait été inconfortable, celle d'adolescent muet et solitaire à Béthune ne me convenait pas mieux.

J'étais resté en contact avec Françoise, par mail. Elle était la seule personne à qui je parlais vraiment. Il m'était plus facile d'écrire que de parler, et au téléphone, je disais invariablement à mes parents que j'allais très bien alors que je confiais mes doutes, mon regard qui avait changé sur mon monde, mes regrets, mes hontes et ma peur de l'avenir à mon ancienne documentaliste. Françoise répondait à chacun de mes messages et ses mots avaient à mes yeux une grande importance. Elle trouvait que mon évolution était positive même si j'avais du mal à vivre avec. Un jour, elle m'a écrit une phrase que je relis régulièrement depuis :

< *Il y a deux façons de vivre, Hugo. En se laissant porter sans se poser de questions par le temps qui passe, ou en essayant de comprendre qui l'on est et où l'on va. La deuxième solution est certainement la moins confortable, mais de loin la plus intéressante. La seule qui vaille, pour moi.* >

Une autre fois, alors que je lui avais parlé de Baptiste et de Nico avec qui je ne parvenais plus à m'entendre, du fait que je n'avais plus d'amis à Béthune, elle m'a répondu :

< *La lucidité est un don du ciel, un formidable*

cadeau, mais aussi une malédiction. Mais de toute façon, tu n'as plus le choix, tu devras faire avec. >

Puis est venu un message auquel je ne m'attendais pas, qui n'était pas une réponse à l'un de mes écrits :

< *Hugo. J'ai beaucoup hésité avant de t'envoyer ce message. Mais nos échanges, ces dernières semaines, m'ont appris combien tu avais changé, mûri. Je pense que tu sauras recevoir ces mots, et il me semble juste qu'ils arrivent jusqu'à toi.* >

Suivaient quelques lignes que je pourrais réciter par cœur :

< *Bonjour Ugo*

C'est moi. Je sais pas trop quoi écrire. Mais je pense a toi souvan. Dé fois je suis triste d'autre fois je ri en pensant a nous ensemble. Je peu pas t'oublié. La vie est plus pareille depuis que tu est parti. Le bébé est parti, aussi. Je suis sûr qu'il aurai été un garçon et qu'il t'aurai ressemblé.

Grace a madame Garcin, je continu le collège.

Ne m'oubli pas, s'il te plé.

Zaïnaba. >

J'ai beaucoup pleuré en découvrant ce message. D'impuissance, de frustration, de vide. J'avais honte, j'avais mal, j'aurais voulu serrer Zaïnaba dans mes bras pour la consoler, mais surtout pour pleurer dans les siens.

J'ai longuement hésité. Mais je ne lui ai jamais répondu. Quoi lui dire ? Que je ne l'oublierais jamais, ce qui était la stricte vérité, mais qu'elle aurait pu interpréter comme une déclaration d'amour ? Que je regrettais, qu'elle me manquait ? À quoi bon maintenant ? Maintenant que nous étions à des milliers de kilomètres et qu'un monde nous séparait ? J'ai demandé par mail à Françoise si elle pensait que j'aurais dû, mais elle m'a répliqué que j'étais le seul à pouvoir répondre à cette question.

Parfois, je pense à ce bébé qui « est parti », à la couleur de la peau qu'il aurait eue, la même, café au lait, que celle de Lucie, la fille de Françoise.

Souvent, j'imagine Zaïnaba rentrant du collège, s'occupant des enfants, préparant à manger pour tout le monde et faisant ses devoirs. Je me revois dans son île, m'zoungou éperdu, et je regarde la vie à Béthune avec ses yeux à elle. Je comprends alors que le blanc, pour la peau, est autant une couleur que le noir, et que le mode de vie qui a toujours été le mien en métropole n'est pas plus valable que le sien, qu'il est aussi étrange.

La preuve m'en est venue, flagrante, quelques semaines plus tard, alors que j'avais fini et raté mon année scolaire. J'allais redoubler ma troisième, juillet était là et ma grand-mère m'a dit :

– Demain, j'ai besoin de toi, Hugo. C'est le début des soldes. On va à Lille : réveil à 7 heures !

À 8 h 30 le lendemain matin, nous étions devant une boutique de vêtements qui n'ouvrait qu'à 9 h 30. Nous n'étions pas les premiers arrivés : une bonne dizaine de personnes, huit femmes et deux hommes, faisaient déjà la queue, aussi excités que mamie qui, depuis notre petit déjeuner, m'expliquait dans quels magasins elle devait absolument aller et dans quel ordre. Un vrai plan de bataille.

– Le premier jour des soldes, c'est sacré, Hugo ! m'a-t-elle dit quand nous sommes montés dans la voiture. J'ai déjà fait mes repérages la semaine dernière. Les modèles, les marques, les couleurs. Impossible de passer par la cabine d'essayage un jour pareil, les bonnes affaires nous passeraient sous le nez. Toi, tu restes près de moi et je te donne les modèles que je prends au fur et à mesure. D'habitude, c'est ton grand-père qui vient m'aider, mais puisqu'il déteste ça et que tu es là !

À 9 h 15, nous étions une trentaine à poireauter devant la boutique et un frémissement a parcouru cette foule fébrile quand une vendeuse est apparue derrière la porte vitrée. Mais elle ne venait pas encore ouvrir, seulement scotcher sur la vitre une affiche sur laquelle, en grosses lettres rouges et orange, était écrit : TOUT DOIT DISPARAÎTRE.

L'assaut a eu lieu à 9 h 30 pétantes. Une horde sauvage. Ma grand-mère, pourtant la doyenne de cette clientèle en campagne, était certainement la plus combative. Elle jouait des coudes, faisait des queues de poisson entre les rayons, prenait un air offusqué lorsqu'on lui rendait la politesse et moi je la suivais, les vêtements s'empilant dans mes bras : pantalons, chemisiers, cardigan, écharpe, gabardine… Les vendeuses, prudentes, avaient déserté les rayons et s'étaient repliées près de la caisse d'où s'échappait le doux bruit saccadé des cartes de crédit.

Je regardais ma grand-mère, stupéfait, ne pouvant m'empêcher de penser à ses penderies déjà pleines de fringues qu'elle ne portait jamais car finalement, elle mettait toujours la même chose. Elle devait avoir plus de vingt paires de chaussures, six ou sept manteaux, des étagères pleines de pulls, des tiroirs débordant de lingerie. Et pourtant, sous mes yeux, elle était en train de se disputer avec une femme d'une quarantaine d'années pour une combinaison en soie que chacune d'elles disait avoir vue la première. J'ai vraiment cru qu'elles allaient se battre quand soudain, mamie a porté une main à son cœur et a poussé un petit râle comme si elle allait avoir un malaise. L'autre a aussitôt capitulé, de peur sans doute d'être accusée d'avoir poussé une vieille femme dans la tombe avant même le début de la prochaine canicule, et mamie m'a mis la combinaison sur les bras en me faisant un clin d'œil.

– Faut bien que mon grand âge me serve à quelque chose ! Finalement, ce modèle n'est pas si joli que ça, mais il ira très bien à ta mère… C'est un Chantal Thomass, je ne pouvais pas le laisser passer !

Près de mille euros plus tard, nous avons changé de boutique au pas de course, mes bras encombrés de sacs, et nous sommes attaqués aux chaussures. Puis à la maroquinerie et enfin à une boutique de vêtements pour homme où mamie a acheté une cravate pour papi.

Nous sommes rentrés à la maison à 13 heures passées, épuisés, moi plus que mamie qui était en pleine forme et semblait surtout soulagée. Apaisée, rassasiée, comblée. Pourtant, elle m'a dit :

– Demain, si tu veux bien, on ira regarder les prix en électroménager. Ma bouilloire électrique est foutue, et j'aimerais bien me trouver un adoucisseur d'eau.

J'ai acquiescé, sans un mot. J'étais soûlé par cette matinée de folie et surtout, malgré moi, je ne pouvais m'empêcher de penser à Mayotte. À ce bout de France où Zaïnaba et sa famille vivaient sans eau courante, mais aussi à Mamoudzou où, entre les cases de torchis et de tôles, fleurissaient toujours plus nombreuses les enseignes des marques métropolitaines et où les jeunes commençaient à porter les mêmes T-shirts fabriqués en Chine que mes camarades de collège à Béthune.

8

Les journaux télévisés diffusaient chaque jour des reportages sur les soldes aux quatre coins de la France, montraient des hommes et des femmes qui couraient en criant à travers les rayons d'une grande surface et s'asseyaient sur des machines à laver pour être sûrs que personne ne les achète à leur place, d'autres qui se levaient à 4 heures du matin pour être les premiers dans un magasin. J'ai vu l'interview de filles de mon âge qui gloussaient de joie parce qu'elles avaient acheté des T-shirts d'une marque dont le nom était masqué par un *bip* sonore, une autre d'une femme de l'âge de ma grand-mère qui expliquait avec un sérieux doctoral qu'elle préférait les soldes d'été à celles de janvier mais que de toute façon, elle n'en manquait pas une. C'était une affaire d'État, et j'avais du mal à comprendre pourquoi je n'arrivais pas à me moquer éperdument de tout cela. J'étais profondément agacé par l'importance donnée à ces démarques dans un pays où chacun, en tout cas ceux qui s'y précipitaient avec tant de ferveur, avait déjà tout chez soi et même plus.

J'ai hésité avant d'en parler par mail à Françoise car j'avais peur de passer pour un idiot, un naïf. Mais sa réponse m'a rassuré et m'a surtout conforté dans mon exaspération :

< *Au moins, toi, tu ne seras pas reparti de Mayotte indemne ! Je ressens les mêmes choses que toi, les mêmes colères, chaque fois que je reviens en métropole pour voir ma famille. Et pourtant, Mayotte est mon île depuis très longtemps et j'y suis habituée, je ne la vois plus avec des yeux métropolitains ! Et elle évolue si vite. Tu n'as pas idée de ce qu'était l'île quand je m'y suis installée ! Bientôt, nous serons comme la Réunion. Et je n'arrive pas à m'en réjouir. C'est toute l'ambiguïté de la situation : le contraste entre le gâchis monumental du mode de vie métropolitain et le dénuement mahorais me choque, mais en même temps, je ne souhaite pas à Mayotte de devenir la métropole. J'aspire à un entre-deux, à une « normalité » ! Mais ce n'est sans doute qu'un rêve… Il y a un poème que j'aime beaucoup, d'un auteur contemporain italien, Erri De Luca. Il s'intitule* Valeur. Valore, *en italien. Après ton expérience des soldes avec ta grand-mère, il devrait te plaire :*

J'attache de la valeur à toute forme de vie, à la neige, la fraise, la mouche.

J'attache de la valeur au règne animal et à la république des étoiles.

J'attache de la valeur au vin tant que dure le repas, au sourire involontaire, à la fatigue de celui qui ne s'est pas épargné, à deux vieux qui s'aiment.

J'attache de la valeur à ce qui demain ne vaudra plus rien et à ce qui aujourd'hui vaut encore peu de chose.

J'attache de la valeur à toutes les blessures.

J'attache de la valeur à économiser l'eau, à réparer une paire de souliers, à se taire à temps, à accourir à un cri, à demander la permission avant de s'asseoir, à éprouver de la gratitude sans se souvenir de quoi.

J'attache de la valeur à savoir où se trouve le nord dans une pièce, quel est le nom du vent en train de sécher la lessive.

J'attache de la valeur à l'usage du verbe aimer et à l'hypothèse qu'il existe un créateur.

Bien de ces valeurs, je ne les ai pas connues.[1]>

Mes parents sont rentrés quelques jours plus tard. Définitivement, cette fois.

Leur avion était plein comme un œuf, débordant de familles réunionnaises et mahoraises, de touristes, de métropolitains de retour dans l'Hexagone. Papa, maman et Lydie ont mis plus d'une heure pour récupérer leurs bagages tant il y avait de monde et surtout de valises, de sacs, de malles et d'animaux en cage. Une vraie transhumance.

En quelques mois seulement, ils avaient changé, tous les trois. À moins que ce soit mon regard. Ma mère avait les traits tirés mais semblait ivre de bonheur à l'idée d'avoir définitivement laissé les tropiques derrière elle. Elle est tombée dans les bras de mamie qui avait les larmes aux yeux.

– Tu as manqué les soldes de quelques jours, ma chérie, lui a-t-elle dit pour détendre l'atmosphère.

---

1. Erri De Luca, *Valeur*, poème tiré de *Œuvre sur l'eau*. Traduit de l'italien par Danièle Valin, éditions Seghers, 2002.

– Pas grave, a répliqué ma mère. J'ai la vie devant moi pour me rattraper !

Mon père, après avoir serré la main de papi avec cette raideur dont, malgré le temps, ils n'ont jamais réussi à se débarrasser l'un vis-à-vis de l'autre, m'a serré dans ses bras.

– Ça va, fils ?

Il était ému de me revoir, plus que je ne l'étais moi-même. Je me sentais bizarrement détaché, loin de la réalité, comme soucieux mais d'une chose dont je n'avais pas conscience. Je regardais les choses plus que je ne les vivais.

Lydie était devenue une autre. C'était spectaculaire. Non seulement elle avait beaucoup grandi, mais son visage n'était plus le même, ni son regard. Elle avait brusquement quitté l'enfance et paraissait une jeune femme. Surtout, elle ressemblait désormais étonnamment à ma mère. On s'est fait la bise, embarrassés pour la première fois de notre vie, comme si nous avions passé l'âge de cette manifestation de tendresse.

Nous avons dû partager de nouveau la chambre du second de la maison de papi et mamie. Ce n'était que provisoire, par bonheur, car nous qui avions jusque-là toujours eu la même chambre, trouvions cela subitement pénible. Nos deux vies étaient à l'étroit dans la même pièce, et si tout dans la nouvelle Lydie avait le don de me vriller les nerfs, je crois que la réciproque était une évidence.

En une poignée de jours, ma petite sœur est parvenue à reformer un réseau de relations impressionnant. D'anciennes camarades de classe, des voisines de notre ancien immeuble, des copines de copines… Au bout d'une semaine, elle avait réussi à convaincre mes parents de lui payer un téléphone mobile qui ne cessait plus de sonner, de signaler l'arrivée d'un SMS, d'un MMS, chaque jour avec une mélodie différente. Lydie était revenue assoiffée. De copines, de papotage, de gadgets, de magazines pour filles, d'accessoires de mode. Elle, maman et mamie ont passé leur été à écumer les boutiques. Une vraie cure de désintoxication à Mayotte.

Il a fait une chaleur à crever une bonne partie de l'été, même pour nous qui venions de passer quatre ans sous les tropiques, et je n'ai presque pas quitté ma chambre. Mes parents supervisaient les travaux dans la maison qu'ils avaient finalement achetée à Bondues, et nous ne sommes pas partis en vacances.

Je n'ai vu presque personne jusqu'à la rentrée de septembre sinon la bibliothécaire municipale à qui j'empruntais les livres dont Françoise m'indiquait les titres. Des romans pour la plupart en rapport avec ce qui était en train de prendre de plus en plus de place dans mes pensées mais que je n'arrivais pas encore à bien définir : ce souci du monde dans lequel j'étais censé vivre, ce regard nouveau sur mes concitoyens, le mode de vie métropolitain comparé à celui d'autres régions du monde. Bref, la remise en question instinctive, mal comprise mais intensément ressentie, de ce qui avait été ma vie jusque-là. Vaste programme. Trop vaste pour moi, sans doute, mais aussi plus fort que moi.

Et je découvrais le monde à travers les romans que me conseillait mon ancienne documentaliste.

L'injustice, la misère, la lutte mais aussi le gâchis, l'arrogance, la corruption. Je découvrais le monde et gagnais chaque jour, à chaque page, une conscience sociale et politique.

Ma grand-mère s'inquiétait pour moi, me trouvait triste, dépressif et me poussait à sortir et à m'amuser. Mais je n'aspirais qu'à la fraîcheur de la chambre dont je gardais les volets tirés et à l'incandescente humanité que je découvrais dans les livres.

Certains étaient trop durs pour moi, mais je les lisais tout de même jusqu'au bout, d'autres m'éblouissaient, m'illuminaient et me laissaient rêveur, l'esprit agité d'idées et de questions dont je ne parvenais pas toujours à prendre la mesure.

Extérieurement impassible, visiblement détaché de tout, je vivais intérieurement, secrètement, une véritable fièvre.

Trois livres m'ont particulièrement marqué, durant l'été. L'un d'eux s'intitule *Ravage*, de René Barjavel, dans lequel, en 2052, on voit le monde « moderne », occidental, s'effondrer le jour où l'électricité disparaît. Et l'humanité doit réapprendre à vivre sans. Dans le même ordre d'idées, mais à l'échelle d'une tour d'habitations de luxe, dans *IGH*, James Graham Ballard décrit une microsociété de privilégiés qui sombre dans une violence primitive et dans le chaos. Mais le livre qui m'a le plus marqué, très différent en apparence de ces deux-là, c'est *Mendiants et orgueilleux*, d'Albert Cossery. Tout est dit dans le titre, et ce roman a été une telle révélation pour moi concernant la pauvreté et la richesse, le rapport aux biens, à la possession, à l'argent ou à la misère, que je l'ai relu pour recopier certains passages dans un cahier :

Gohar vivait dans la plus stricte économie de moyens matériels. La notion du plus élémentaire confort était depuis longtemps bannie de sa mémoire. Il détestait s'entourer d'objets [...] Le dénuement de cette chambre avait pour Gohar la beauté de l'insaisissable, il y respirait un air d'optimisme et de liberté. [...] Là où il n'y avait rien, la tempête se déchaînait en vain. L'invulnérabilité de Gohar était dans ce dénuement total ; il n'offrait aucune prise aux dévastations.

Ce que Gohar admirait surtout en lui, c'était son sens véritable de la vie : la vie sans dignité. Être vivant suffisait à son bonheur.[2]

Lydie, quand elle levait le nez de l'écran de son portable, de ses magazines ou de ses tests pour savoir si elle était sexy, à quoi ressemblait l'homme de sa vie ou si elle était faite pour devenir une star, me regardait telle une bête curieuse. Elle n'était pas la seule, d'ailleurs. Et moi-même, j'en arrivais à m'inquiéter de ma propre mutation. J'avais quinze ans, j'allais redoubler ma troisième dans un nouveau collège à Lille, nous allions emménager dans une nouvelle maison, ma mère me demandait trois fois par jour de quelle couleur je voulais qu'ils peignent

---

2. Albert Cossery, extraits de *Mendiants et orgueilleux*, éditions Joëlle Losfeld, 1993

les murs de ma chambre, et je me foutais de tout. Ou plutôt, mes « hauts centres d'intérêts », mes « éminentes préoccupations » ôtaient tout intérêt à ce qui faisait ma vie de tous les jours.

Lydie, vers la fin du mois d'août, a très bien résumé la situation en quelques mots quand elle m'a lancé :

– Qu'est-ce que t'es devenu chiant !

9

En septembre, j'ai fait ma rentrée dans mon nouveau collège, à Lille. Je devrais dire *notre* nouveau collège, puisque ma sœur y entrait en sixième et que mes parents allaient y enseigner.

La maison de Bondues ne devant être prête que courant octobre, nous habitions encore chez papi et mamie. Matin et soir, nous faisions le trajet tous ensemble en voiture, quels que soient nos horaires respectifs.

Lydie était très excitée et moi, j'étais miné de redoubler ma troisième, de ne pas être au lycée, de me retrouver dans le même établissement que ma famille au grand complet.

Ma classe était composée de vingt-huit élèves, dont un seul Noir que je n'ai pu m'empêcher d'observer avec attention. Riche de mes années d'expérience de Blanc parmi les Noirs, j'étais prêt (et j'en mourais d'envie) à le « recueillir » si le reste de la classe le tenait à l'écart à cause de la couleur de sa peau ! Mais il connaissait tout le monde, a tapé dans les mains des garçons et a fait la bise aux plus jolies filles.

Il n'y a que moi, pauvre cloche, qui suis resté seul dans mon coin, en compagnie d'une fille aux lèvres peintes en noir, au nez percé d'un anneau d'argent et la tête surmontée d'une implosion de cheveux couleur corbeau. En désespoir de cause, j'ai souri à la gothique qui a aussitôt détourné les yeux avec dégoût.

L'année commençait fort.

Toutes les tendances étaient représentées dans la classe, par groupes, par bandes. Peu de look « racaille », boule à zéro sous casquette Lacoste ; seulement trois ou quatre garçons qui n'avaient pas encore compris que jouer les durs ne faisait plus recette auprès des filles. Par contre, les tenues de basketteurs, ou look « Kainry », pour Ricain, avaient la cote. Jeans baggy qui descendaient aux genoux, T-shirt XXXL, casquette vissée sur la tête, Nike requin. Il y avait aussi quelques garçons et filles qui affichaient des habits de skateurs, mais la grande tendance était à l'évidence au look « fashion » : petit jean, petit T-shirt et du gel dans les cheveux. Les filles, à part l'unique gothique de la classe et les deux « skateuses » en débardeurs qui faisaient office de garçons manqués, avaient toutes le nombril à l'air, un pantalon taille basse et des accessoires de luxe. En résumé, ma classe était un défilé de mode à elle seule, et une campagne de publicité gratuite pour un bon paquet de marques.

Et moi dans tout ça ?

Moi, je ne ressemblais à rien.

Et je me suis retrouvé assis à côté de la gothique. Les deux canards boiteux dans le même coin, ghetto des mauvais joueurs.

Ma compagne de quarantaine a mis trois semaines avant de daigner me dire son prénom :

– Caroline. Mais je déteste. Je préfère qu'on m'appelle Kara.

Quinze jours plus tard, après que je lui ai demandé le nom du groupe qui éructait à longueur de journée dans les oreillettes de son I-pod, elle m'a posé sa première question depuis la rentrée en me demandant ce que j'aimais comme musique.

J'ai été incapable de lui répondre et j'ai compris à quel point mes quatre années à Mayotte m'avaient coupé de ce qui était censé être mon monde. Kara a haussé un sourcil et je pense que comme Lydie, et avec un vocabulaire aussi fleuri, elle a dû se dire que j'étais profondément ennuyeux.

Quelle musique j'aimais ? Quelles fringues ? Quels films ? Je n'en savais rien. Sincèrement rien. Je n'arrivais pas à m'intéresser à ce qui faisait la vie des gens de mon âge. À ce qui aurait dû faire la mienne.

Un soir, à table, maman m'a demandé si j'allais bien et m'a dit qu'elle me trouvait morose.

– Morose ! s'est écriée ma sœur. Tu veux dire chiant à mourir !

– Lydie ! Ne parle pas comme ça de ton frère ! s'est insurgée ma mère.

– C'est le redoublement, est intervenu mon père. Tu t'ennuies au collège, non ?

– Oui, j'ai répondu.

Ce qui était vrai, mais qui n'expliquait qu'en partie ce qu'ils prenaient pour de la morosité.

– Hugo a toujours été un enfant réservé, a dit

mamie. Déjà petit, il était soucieux, anxieux, à toujours réfléchir à tout…

Puis elle s'est adressée à moi.

– Tu sais, mon chéri, il faut savoir profiter de la vie. Tu es jeune, mais ça ne durera pas toujours !

Il était vrai qu'à différentes périodes de ma vie, j'avais eu l'impression d'être plus vieux que mon âge et surtout de toujours attendre. Attendre quoi ? Je n'en avais aucune idée, même si, dans les bras de Zaïnaba, j'avais eu l'impression de trouver la réponse. D'ailleurs, cette histoire d'amour devait tenir une place de choix dans les raisons de ma morosité. Comment redevenir un adolescent ordinaire, prisonnier de la vie de ses parents et de sa scolarité, à qui l'on dit quoi faire, à qui l'on donne un emploi du temps et de l'argent de poche après avoir eu l'enivrante illusion d'être enfin devenu un homme ?

Cette soirée était l'une des premières que nous passions dans la nouvelle maison, et papi et mamie venaient de faire le tour du propriétaire en s'émerveillant à chaque pièce.

Lydie et moi avions chacun notre chambre, dans lesquelles une surprise nous attendait : chacun un ordinateur relié à Internet. Les murs de mon antre avaient finalement été peints en une teinte orangée que j'ai aussitôt trouvée atroce mais sur laquelle je me suis bien gardé de faire des commentaires étant donné que je m'étais désintéressé des travaux. Lydie, elle, avait choisi un rose assorti à sa garde-robe de Lolita de compétition.

À partir de notre emménagement, mes parents se sont mis à courir les boutiques de décoration d'intérieur. Ma mère passait la plus grande partie de son temps le nez dans des magazines de déco et le reste à essayer d'en appliquer les conseils. A alors commencé une longue série de dîners. Plus un samedi soir sans un couple d'amis, de collègues, d'anciens copains de fac. Au programme : visite du propriétaire, émerveillement des amis devant le bon goût de mes parents (du grège par-ci, du « taupe » par-là, de la peinture à l'éponge dans les chambres ; des trucs de *Elle déco*), échange de bonnes adresses pour les accessoires, les bougies, les vases de créateurs… À table : régime crétois et nouvel échange d'adresses pour l'huile d'olive première pression à froid, les épices et l'huile de colza bio. Mais surtout, pendant le dîner, l'inévitable récit des quatre années passées à Mayotte. Tout y passait : la misère, la luxuriance de la nature, la saison des pluies, le faible niveau scolaire, la circulation automobile, la plongée sous-marine, la polygamie…

Je m'arrangeais toujours pour me réfugier dans ma chambre après les inévitables tomates-mozzarella et je me défoulais en écrivant à Françoise à qui je disais combien j'étais exaspéré tant par les adultes que par mes camarades de classes.

< *Mes parents sont des petits-bourgeois minables ! Ils ne pensent qu'à prouver aux autres qu'ils ont encore mieux réussi leur vie qu'eux et c'est le grand tournoi des signes extérieurs de richesse ! Et mon canapé Machintruc par-ci, et ma lampe Jeancharlesbidule par-là, et mon jonc de mer sur les marches de l'escalier, et ma*

Livebox, et mon nouveau téléphone portable Motorokiagem nouvelle génération… Tout ça ne vaut pas mieux que les garçons à l'école primaire qui jouent à savoir qui a la plus grosse ! >

Le lendemain matin, j'avais reçu sa réponse :

< *Ton message m'a bien fait rire, Hugo. Mais n'oublie jamais que pour que la lucidité soit un formidable atout, elle doit toujours s'accompagner d'une pincée d'indulgence.* >

L'indulgence, j'avais du mal. Chez un bouquiniste de Lille, j'avais acheté un livre rien que pour son titre : *Tout m'énerve.* Je ne l'ai jamais lu, mais à le voir comme ça chez le marchand, j'ai eu l'impression qu'il avait été écrit pour moi.

J'allais bientôt avoir seize ans, et mes parents m'ont demandé quel cadeau me ferait plaisir.

– Rien, j'ai répondu. J'ai déjà tout ce qu'il me faut.

– Ne dis donc pas de bêtises ! C'est ton anniversaire, on a envie de te faire un beau cadeau, a répliqué ma mère.

– Ah ! Alors si c'est pour vous faire plaisir à vous, pourquoi vous me demandez ce que je veux ?

Mon père a quitté la pièce en clamant :

– T'es vraiment chiant, Hugo !

Et ma sœur a ajouté :

– Ah ! Qui c'est qu'avait raison ?

Le cadeau d'anniversaire est revenu plusieurs fois sur le tapis, et j'ai essayé d'expliquer mon point de vue sans m'énerver. Mais chaque fois, je m'emballais malgré moi et je finissais par être désagréable.

– Sans rire, j'ai tout ! Même beaucoup trop ! Tu

trouves pas, papa, qu'on a trop de choses, d'objets, d'habits, d'engins électroniques ? Regarde, on a trois ordinateurs à la maison, quatre téléphones portables, une ligne fixe avec un combiné sans fil dans chaque pièce, un réfrigérateur qui fait des glaçons !... Quand on pense que les trois quarts de la population mondiale crèvent de faim et de soif !

– Ah ! Nous y voilà.

– Mais oui, nous y voilà ! Dans ma classe, ils seraient prêts à tuer père et mère pour la dernière paire de baskets fabriquées en Asie !

– Et tu ne crois pas que dans ces pays d'Asie où, justement, la vie est si dure, ils sont bien contents de trouver du travail dans les usines qui fabriquent ces baskets à la mode ici !

Je n'étais pas d'humeur à me laisser déstabiliser, ni même à ne serait-ce qu'écouter les arguments de qui que ce soit.

– Sauf que les ouvriers de ces usines sont sous-payés ! Qu'ils n'ont pas le droit aux heures sup ! C'est dégueulasse !

– Les choses ne sont pas si simples, Hugo. Le monde n'est ni noir ni blanc. Plutôt gris.

– *Notre* monde est dégueulasse !

– Et tu crois que gâcher ta fête d'anniversaire va le rendre meilleur ?

– Mais putain, si tout le monde changeait de façon de vivre, ça ferait peut-être bouger les choses ! Ça te révolte pas, toi, que des enfants n'aient rien à manger en Afrique alors qu'ici, ils deviennent obèses ! C'est dégueulasse, putain !

Mon père ne m'a pas répondu, sinon pour me

dire de surveiller mon langage. Je suis remonté dans ma chambre et j'ai claqué la porte derrière moi, furieux, plus contre moi-même qui étais incapable de m'exprimer calmement que contre mon père.

Et il m'a bluffé, quatre semaines plus tard, quand la date de mon anniversaire a bien fini par arriver. Un paquet m'attendait sur mon assiette ; une boîte rectangulaire, entourée de papier cadeau et d'un bolduc doré. De toute évidence, il s'agissait d'une paire de chaussures, et en ouvrant le paquet, je me suis juré de les jeter à la poubelle s'il s'agissait de l'une des marques qui envahissaient ma classe, vampirisaient les spots de pub à la télé et dont les slogans étaient affichés sur les murs des villes.

C'étaient bien des baskets, mais comme je n'en avais jamais vu.

Simple, noires et blanches, et surtout, sans aucune marque. Seulement un gros point sur le côté et un petit, rouge, sur le devant.

– Ce sont des Blackspot, a expliqué mon père. Pas de logo, des matériaux bios, des semelles recyclables, et l'assurance qu'elles ont été fabriquées dans une usine qui respecte le droit des ouvriers. C'est du 100 % commerce équitable.

Le lendemain, au collège, ça n'a pas traîné. Avant même le début du premier cours, on m'avait déjà demandé la marque de mes nouvelles baskets.

J'avais été faire un tour sur le site Internet où mon père avait commandé les chaussures, et j'y avais trouvé suffisamment d'informations pour savoir quoi répondre :

– C'est pas une marque, justement. C'est des Blackspot, des chaussures pour ceux qui refusent d'acheter les marques habituelles de chaussures ou de T-shirts fabriqués à l'autre bout du monde par des enfants ou des ouvriers exploités.

Les autres m'ont regardé avec des yeux ronds et s'il avait été là, j'aurais embrassé mon père en remerciement pour le quart d'heure de gloire qu'il m'avait offert. Même le regard que Kara portait sur moi venait de changer, passant du mépris à la curiosité, ce qui, étant donné l'intensité de nos rapports, était un progrès étourdissant.

Trois semaines plus tard, Tanguy, un garçon de ma classe, est arrivé une paire de Blackspot aux pieds. La semaine suivante, c'était au tour de Quentin. Puis de Mario qui, encore plus fort, s'était fait payer par ses parents le dernier modèle Blackspot : les V2.

C'était foutu. Ma mini révolte anti-marque, anti-look, était devenue la dernière tendance de mon bahut. Chacun voulait sa paire de Blackspot pour être à la pointe de la mode.

Dégoûté, vexé aussi, sans doute, de ne plus être le seul à posséder ces baskets hors normes, j'ai fini par ressortir mes vieilles Nike de mon placard, en prenant soin, comme c'était expliqué sur le site des Blackspot shoes, de maquiller leur logo de noir à l'aide d'un marqueur indélébile.

10

Un dimanche matin, alors que tout le monde dormait encore, j'ai installé sur la boîte aux lettres de la maison une étiquette sur laquelle j'avais écrit : PAS DE PUB. J'avais l'impression d'être un pirate, un rebelle, mais mes parents m'ont félicité le lendemain en constatant que la boîte n'était plus envahie de prospectus.

– Quarante kilos par boîte et par an en France ! j'ai clamé. Un million de tonnes de papier gâché chaque année !

Mais ils ne m'écoutaient déjà plus, reprenant là où ils l'avaient laissée leur conversation sur les gros 4 x 4 urbains à la mode vers lesquels mon père louchait de plus en plus.

– C'est des voitures de beaufs ! lui ai-je lancé un matin au petit déjeuner. En plus, c'est super polluant !

Il a plaidé sa cause en disant que maintenant, nous vivions à la campagne. Ben voyons ! Notre « campagne » était une banlieue « chic et arborée » où il était impossible de trouver le moindre chemin de terre susceptible de justifier l'achat d'un véhicule tout-terrain. La vérité était que mon père crevait d'envie d'avoir, pour la première fois de sa vie, une voiture chère, et même sans doute au-dessus de ses moyens. Mais qui compléterait sa panoplie : maison dans un quartier résidentiel, téléphone mobile avec oreillette sans fil, connexion Internet très haut débit, télé à écran plat, huile d'olive bio et costumes de marque. Et comme avec un nouveau téléphone dont on choisit la sonnerie, il aurait passé une demi-journée dans son 4 x 4 à tester tous les boutons de son tableau de bord. Telles ma mère et ma sœur depuis notre retour, il avait un besoin compulsif de dépenser de l'argent, de consommer, d'acquérir des biens non pour eux-mêmes ou leur utilité mais pour l'effet qu'ils produiraient sur les autres.

Bien sûr, tout cela, je ne l'ai pas compris seul. J'étais juste agacé par ces comportements, révolté par notre mode de vie d'une manière instinctive, brute, maladroite. C'est sur Internet, où je passais beaucoup de temps, que j'avais trouvé des mots comme « compulsif », « mécanisme collectif » à mettre sur mon malaise ainsi que l'idée de coller l'étiquette anti-pub sur la boîte aux lettres de la maison.

Tout avait commencé par le site des chaussures Blackspot sur lequel j'avais trouvé un lien vers un site en anglais qui parlait, pour le peu que j'avais compris, de surconsommation, du fait que 20 % seulement de la population mondiale consomme 86 % des ressources planétaires, que la pub réduit l'être humain à un consommateur, qu'il ne peut y avoir de croissance et de développement économique infinis sur une planète aux ressources limitées et que des militants essayaient de combattre cette folle course en avant.

En tentant de déchiffrer ces pages, j'ai senti mon cœur s'emballer. Soudain, je n'étais plus seul. Soudain, je n'étais plus fou. D'autres à travers le monde étaient révoltés, exaspérés, choqués. D'autres, qui s'exprimaient sur Internet, avaient les mots pour dire ce qui m'empêchait de profiter de ma nouvelle vie en métropole. Il ne me restait plus qu'à traduire ces mots en français, ce que j'ai fait à l'aide de Google, en tapant *surconsommation*, *militants anti-pub*, et en découvrant plusieurs sites français consacrés au sujet, à ceux qui se faisaient appeler les « Casseurs de pub », les « Barbouilleurs », les « Déboulonneurs », les « Retourneurs d'affiches », la « Brigade anti-pub » ou qui se regroupaient sous l'appellation « Résistance à l'agression publicitaire ».

J'ai passé des heures à éplucher ces sites, découvrant ce qu'était la mondialisation, mais surtout l'altermondialisation, le libéralisme, le marketing scolaire qui voit des marques financer des programmes éducatifs et faire de la pub indirecte dans les écoles. J'ai découvert, stupéfait, qu'il existe une « journée sans achat », chaque mois de novembre, sorte de grève générale de la consommation. Une autre où les militants déversent sur la voie publique des amas de prospectus récupérés dans les boîtes aux lettres pour mettre en évidence ce colossal gâchis de papier. J'ai lu des articles sur des usines en Asie et les conditions de travail des ouvriers qui fabriquent les vêtements qui envahissent la cour de mon collège. J'ai appris qu'il existait un magazine bimestriel intitulé *Décroissance*, des livres écrits sur le refus des marques, des logos, que s'organisait une marche de la décroissance en juin, des manifestations contre le Grand Prix de Formule 1 de France qui symbolise aux yeux des militants le gaspillage suicidaire de nos sociétés de consommation à une époque où les ressources en pétrole s'amenuisent. Il y avait également une semaine sans télé, pour que chacun retrouve la jouissance pleine et entière de ses capacités intellectuelles et lutte contre la pensée unique et l'invasion des spots publicitaires dans son foyer.

J'étais assoiffé d'informations, autant que submergé par elles. Ma connaissance du monde et de son fonctionnement était trop partielle pour que je saisisse l'ampleur de ce que j'apprenais mais j'étais exalté de découvrir que ce que je ressentais si confusément était au cœur des préoccupations de nombreuses personnes. Moi qui, depuis des semaines, ne parvenais plus à trouver ma place ni au collège ni dans ma famille, je venais de découvrir une communauté qui, même virtuelle pour le moment, partageait des sensations dont j'étais en train de faire des valeurs. *Valore*, en italien, comme dans le poème que m'avait envoyé Françoise et que je trouvais soudain encore plus beau.

Quand les vacances de Noël ont débuté, j'ai déclaré à mes parents que je ne voulais plus regarder la télé. La météo sponsorisée par un revendeur d'électroménager, le film du soir par une marque de café, le conseil diététique du jour par un fabricant de surgelés… À quand les pubs sponsorisées par une grande marque ? Même le cinéma était pollué par la publicité, à l'image de ce film qu'on avait loué en DVD où Tom Cruise joue un tueur qui s'arrange pour décrocher son téléphone portable Motorola face à la caméra toutes les cinq minutes !

– Ta gueule ! m'a dit Lydie alors que pour la dixième fois depuis le début du film, je lui signalais une pub cachée au beau milieu d'une scène d'action.

– Tu te rends pas compte ! je lui ai dit. C'est du viol ! On peut plus regarder un film sans recevoir des messages de pub ! C'est pareil dans la rue : combien de panneaux publicitaires on voit sans même s'en rendre compte entre la maison et le collège ? Tu as compté ? Moi oui : cinquante-six. Cinquante-six panneaux, enseignes… Cinquante-six marques. En quoi ? Vingt minutes de voiture ?

– Est-ce qu'on peut regarder le film tranquilles ? m'a demandé Lydie en soupirant.

– Et c'est pareil sur Internet avec tous les pop-ups qui s'ouvrent avant que t'aies eu le temps de dégainer ta souris ! Si on se laisse faire, notre cerveau deviendra comme les boîtes aux lettres si pleines de prospectus qu'on ne peut même plus y glisser le vrai courrier ! Les vrais messages !

– *Je m'en fous, Hugo !*

– C'est pour toi que je dis ça ! Surtout toi, avec tes magazines débiles qui te préparent à une vie de bonne accro à la consommation. C'est quoi le dossier du mois de décembre, en dehors de « Comment faire craquer les premiers de la classe » : « Préparer les soldes de janvier » ?

Ma sœur a pris la télécommande et a mis le film sur pause.

– Tu vas me lâcher, putain ? m'a-t-elle dit en me regardant dans les yeux.

– Non. Je veux pas que tu deviennes une zombie. Que tu passes ta vie en rebondissant de boutique en boutique et le reste du temps le cul vissé devant la télé.

– Tu fais ch…

Je l'ai interrompue.

– Tu devrais faire un test. Fais la liste des marques que tu connais de mémoire, des pubs que tu connais par cœur, dont tu peux réciter le slogan. Moi, je l'ai faite : y en a déjà dix pages, et ce n'est qu'un début ! Dix pages, Lydie !… Vas-y, cite-moi des marques !

– Findus, a commencé Lydie en levant les yeux au ciel. Renault, Nokia, Hewlett Packard, Motorola, Carrefour, Darty, Auchan… Pimky, Colgate, L'Oréal, Vania, Calvin Klein, Converse, Puma, Nike, Danone, Vittel, Président, Bonduelle, Badoit, Perrier, Maggi…

On ne pouvait plus l'arrêter. Si elle avait hésité pour les premiers noms, elle s'était rapidement mise à citer marque après marque sans plus avoir besoin de réfléchir, par association d'idées, faisant mentalement le tour de la maison, de la cuisine, du réfrigérateur et de son contenu, de la salle de bains, de sa penderie, de la route pour aller au collège, des boutiques qu'elle aimait à Lille. Surtout, si, au début de sa liste, elle avait eu un ton contrarié et forcé, elle avait rapidement pris plaisir à ce petit jeu, allant jusqu'à réciter quelques slogans, puis à chanter joyeusement le refrain de leurs spots publicitaires.

Quel pourcentage du cerveau de ma sœur était consacré aux marques ? Quels achats futurs ou présents seraient conditionnés par ce hold-up de ses neurones ? Plus tard, sans même en avoir conscience, achèterait-elle une marque de baskets particulière à ses enfants parce que quelque part, au fond de son cerveau, tournerait encore une ritournelle entendue quatre ou cinq fois par jour à la télé quinze ans plus tôt ?

Le 25 décembre, comme deux ans plus tôt, nous nous sommes réunis chez mamie et papi. Aline, la sœur de maman, est arrivée seule avec Thomas et Guillaume, ses jumeaux de huit ans, car elle était en plein divorce. Pépé, le père de mon père, se sentant trop fatigué pour faire le voyage, n'était pas venu.

Il y avait une montagne de cadeaux au pied du sapin qui touchait le plafond. Pour la première fois de ma vie, je n'étais pas heureux d'être à Noël. Cette année, cette fête que j'avais toujours adorée me semblait indécente. J'étais physiquement mal, à la limite de la nausée.

Quand j'ai refusé d'ouvrir mes cadeaux, papa et maman ont fait signe discrètement aux autres de ne pas faire de remarques, me traitant en malade dont il faut ménager le moral et la susceptibilité.

Depuis plusieurs semaines, ils ne savaient plus comment me prendre et nous nous parlions le moins possible. Ils ne me comprenaient pas, alors que j'aurais tant voulu qu'ils m'aident à me comprendre moi-même.

J'avais décidé de ne rien dire, de rester muet dans mon coin. Mais quand Aline a offert à ses jumeaux un coffret DVD d'une série télé de son enfance dont la pub passait en boucle sur toutes les chaînes depuis le mois d'octobre, je n'ai pas pu m'empêcher de lui voler dans les plumes. Hargneux, méprisant, maladroit, je lui ai dit qu'elle était prisonnière des heures qu'elle avait passées devant la télé. Citant une phrase lue sur le site des « Casseurs de pub », je lui ai lancé que la télé fabriquait les consommateurs de demain, les bons petits soldats de la mondialisation, et que ses jumeaux, qui fredonnent dès le petit déjeuner des musiques de pub qui deviendront leur « madeleine de Proust », offriront pour Noël à leurs rejetons les compilations des pubs de leur enfance.

Fragilisée par son douloureux divorce, Aline a fondu en larmes en disant :

– *Je fais ce que je peux !*

La fête était gâchée, et pas un mot n'a été échangé dans la voiture entre Béthune et Bondues.

Je me suis aussitôt enfermé dans ma chambre et me suis allongé sur mon lit. Mes ambitions, mes aspirations dépassaient mon intelligence, mes capacités. Je ne savais plus où j'en étais. La seule chose dont j'étais sûr, c'était que j'étais plus heureux avant.

11

Pépé habitait un petit village en Eure-et-Loir, perdu au milieu des champs de la Beauce.

C'est chez lui qu'on m'a envoyé pour terminer mes vacances de Noël. Je crois que c'était une sorte de punition. C'était aussi le moyen pour ma famille de passer quelques jours sans moi et ce que tous voulaient mettre sur le compte de « ma crise d'ado ».

Ça faisait des années que je n'étais pas allé chez pépé. Le village n'est pas beau, composé d'une petite dizaine de rues et venelles bordées d'anciennes fermes aux murs de bauge et de maisons « neuves » déjà vieilles et fatiguées. Il y avait aussi une petite mairie, une bibliothèque ouverte deux heures par semaine, une salle des fêtes et un étang.

Je me souviens qu'enfant, tout m'émerveillait ici et que chaque jour, qu'il pleuve ou qu'il vente, mon grand-père et moi faisions la même promenade. Nous passions le long du ru qui borde le fond du jardin et pépé me montrait fièrement les mulettes à moitié enterrées dans la vase, ces grosses moules d'eau douce qui supportent si mal la pollution qu'elles ont déjà presque disparu des cours d'eau de France. Nous longions ensuite un pré qu'occupait le cheval du cantonnier du village, puis nous faisions le tour de l'étang, suivis par les canards qui me réclamaient bruyamment le pain rassis que je leur apportais quotidiennement. Une ruelle nous menait ensuite vers la cloche du village, à l'emplacement des ruines de l'ancienne église. Mon grand jeu était de ramasser des petits cailloux et de les jeter contre la cloche pour la faire sonner. Nous retournions ensuite au village à travers champs, longeant l'arrière d'une ferme où je donnais de l'herbe à cinq moutons qui me connaissaient si bien qu'ils bêlaient rien qu'en entendant le bruit de mes pas.

Pourquoi, en grandissant, doit-on perdre sa capacité à l'émerveillement ? Pourquoi se met-on à attendre autre chose de la vie que ce qu'elle a à nous offrir ? La dernière fois que j'étais allé chez pépé datait d'avant Mayotte, et donc d'une époque où j'étais encore un enfant. Et soudain, le village, la maison, l'étang me paraissaient minables.

Peu de choses avaient changé, sinon le trafic automobile sur la départementale qui passe devant la maison. Une zone industrielle ayant poussé dans la ville voisine, des camions se succèdent désormais dans le village, noircissant ses façades et troublant son calme. La nuit, un halo lumineux orangé est visible à l'horizon, signe que le trou qui a vu naître mon grand-père n'est plus si perdu que ça, et sera bientôt happé par l'urbanisation, tout comme pépé – paysan que j'avais toujours vu porter les mêmes vêtements, qui n'avait changé de voiture que deux fois, qui, le soir, mangeait toujours une soupe en écoutant France Inter et avait encore une montre qu'on remontait manuellement.

– Demain, c'est jour de supermarché, m'a-t-il dit le lendemain de mon arrivée. Tu vas m'aider, si tu veux bien. Ça me fatigue, maintenant. Je collectionne les points Super U. Encore 1 000 et je peux avoir un appareil photo numérique.

Je n'ai pas répondu, mais j'ai eu de la peine. Qu'est-ce que mon grand-père, qui était incapable de faire marcher le magnétoscope VHS que mes parents lui avaient acheté quinze ans plus tôt, allait bien pouvoir faire d'un appareil photo numérique ? Mais, à force de recevoir chaque mois le catalogue Super U, il en avait eu envie. On avait créé l'envie en lui. Alors il ne se contentait plus d'acheter ce dont il avait besoin, il consommait désormais, sans doute sensiblement plus que nécessaire, pour accumuler les points bonus qui lui permettraient de recevoir un cadeau dont il ne saurait quoi faire.

Pépé était devenu un vieillard, et j'ai bien cru que les cinq kilomètres qui séparent la maison du supermarché allaient être mes derniers. Au Super U, nous avons marché de son pas traînant entre des centaines de boîtes de céréales, des dizaines de pots de moutarde, des milliers de yaourts, autant de crèmes glacées, des mètres cubes de soupes en briques, trente mètres de sodas, vingt-cinq de viande sous cellophane, des montagnes de boîtes de conserve, des conteneurs de produits surgelés, un étal de poissons dont la moitié finirait à la poubelle, des pains de mie, aux noix, au sésame, à l'épeautre, aux graines de pavot. De quoi nourrir toute l'île de Mayotte alors que le bourg où pépé faisait ses courses ne comptait que cinq mille habitants qui avaient à leur disposition deux supermarchés de la taille de celui-là.

Arrivé à l'une des dix-huit caisses, pépé était étourdi, si fatigué qu'il a eu du mal à regagner la voiture. Je me suis demandé comment il faisait pour se débrouiller seul dans ce monde où il fallait une voiture et une carte à puce pour acheter son pain. Le soir, quand j'ai eu mes parents au téléphone, je leur ai dit qu'il ne fallait plus qu'il conduise, qu'il était devenu un danger public.

Maman m'a demandé comment j'allais, et je lui ai répondu :

– Très bien ! Je m'ennuie du matin au soir.

C'était vrai, mais ce que je n'ai pas dit à ma mère, c'était que curieusement, je prenais plaisir à cet ennui. À cette vie immobile et minuscule de mon grand-père, à son jardin négligé, à ce voisinage de petits vieux, à cette campagne ordinaire, à cet air humide dans lequel se perdaient, au loin, les aboiements de chiens. Chez pépé, il n'y avait pas d'ordinateur, pas Internet, nous n'allumions pas la télé, et il n'y avait même pas de réseau pour les téléphones portables. Les deux premiers jours, ce dernier point m'a manqué. Je me sentais nu, coupé du monde, perdu. Le matin au réveil, j'avais le réflexe de consulter ma messagerie, de regarder si j'avais reçu un SMS. Pourtant, personne n'avait de raison de m'appeler sinon mes parents qui le faisaient sur la ligne fixe ! Mais même moi qui n'avais pas d'amis, j'étais accro au portable, et je me suis fait la réflexion que nous avions tous perdu, que nous nous étions tous fait irrémédiablement manipuler. Les marchands, petit à petit, étaient parvenus à nous convaincre que notre vie était si palpitante, notre place dans la société si importante, qu'il nous fallait être joignables 24 heures sur 24. Un besoin avait été créé, parfaitement artificiellement, qui s'était mué en nous en véritable addiction physiologique. Plus personne ne peut se passer de portable, et les parents finissent par en acheter à leurs enfants dès l'école primaire en se disant (ce qu'on leur a soufflé) que c'est pour leur sécurité. Et j'avais entendu quelques jours plus tôt Lydie parler de son portable avec une copine de sa classe en disant qu'elle voudrait le remplacer par un modèle plus récent dont on pouvait changer la façade à loisir ! Lydie, qui était en sixième ! Son portable, qui n'était vieux que de six mois !

Chaque jour, je refaisais, seul, la promenade de mon enfance, et petit à petit, je sentais en moi s'abaisser le rythme de ma vie et de mes besoins. Je marchais lentement, écoutant le bruit de mes bottes sur le sol, m'abandonnant à la contemplation passive de cette campagne dont le charme était de ne pas en avoir. Je pensais beaucoup, à tout, à Mayotte, à Zaïnaba, aux soldes avec ma grand-mère, au Noël gâché, à l'enfance de mon grand-père dans ce même village, à son regard sur le monde qui a dû tellement changer depuis cette époque. Je pensais mais je m'efforçais de ne pas réfléchir, de ne pas me poser de questions, de ne surtout pas trouver de réponses.

À la tombée du jour, je faisais un feu dans la cheminée du salon. C'était une pièce où mon grand-père n'allait jamais, où se trouvaient une grande photo de son épouse – cette grand-mère très jolie qui était morte quatre ans avant ma naissance –, trois fauteuils, un service à café en porcelaine, la télé, un vieux tourne-disque et une quinzaine de livres posés sur une unique étagère. Ils étaient tous du même auteur, dont je n'avais jamais entendu parler : Christian Bobin.

Je les ai lus pendant cette semaine de vacances. Un par un, en commençant par celui de gauche et en terminant par celui de droite.

Je n'avais jamais rien lu de pareil. Il ne s'agissait pas, à de rares exceptions près, de romans, mais plutôt de livres de réflexion sur la vie, la mort, la religion, le temps qui passe. Je me suis parfois ennuyé dans certains paragraphes compliqués, mais d'autres m'ont émerveillé tant ils faisaient écho à ce qui me tourmentait depuis des semaines et à ce qu'était en train de devenir ces vacances chez mon grand-père. Très vite, j'ai commencé à recopier des passages en me promettant de les envoyer par mail à Françoise une fois rentré à la maison :

Il faut renoncer à être heureux pour rentrer au paradis.

Le paradis c'est d'être là.

Beaucoup de très belles choses nous attendent, sans jamais s'impatienter de ne pas nous voir venir.

Une phrase, au début d'un livre à la couverture rouge[3], m'a fait penser à pépé, à sa vie et à sa collection de points Super U :

J'écris ce livre pour tous ces gens qui ont une vie simple et très belle, mais qui finissent par en douter parce qu'on ne leur propose que du spectaculaire.

D'autres parlaient plus directement de moi :

Quand les enfants naissent, ils sont aussi pénétrés de l'éternel qu'un vieil ermite. C'est peu à peu, usés par les fausses nouveautés de la mode et du monde, qu'ils perdent toute leur science…

À 19 heures, je mettais la table dans la cuisine et mon grand-père faisait chauffer la soupe. J'ai toujours eu horreur de la soupe de légumes et pourtant, j'éprouvais une véritable satisfaction à en manger chaque soir. Était-ce une forme de cure ou de punition ? Une punition pour quoi ? Pour mon comportement asocial depuis mon retour ? Pour ma vie d'enfant gâté ? Pour avoir abandonné et trahi l'amour de Zaïnaba ?

À table, nous parlions beaucoup, pépé et moi. Je lui ai raconté Mayotte, à ma manière, puis le retour en métropole et ma colère face à la marche du monde.

– Tu veux vivre à Mayotte ? m'a-t-il demandé.

---

3. Christian Bobin, extraits de *Prisonnier au berceau*, Mercure de France, 2005.

C'était une question simple qui m'a mis face à mes contradictions : je refusais la vie métropolitaine mais je n'avais pas aimé celle de Mayotte.

– Oh non ! j'ai répondu. De toute façon, là-bas aussi, c'est foutu ! Encore quelques années et ils vivront comme nous !

Où était la vérité, le juste milieu dont rêvait Françoise ? Une vie qui me semblerait bonne ?

Je dormais dans l'ancienne chambre de mon père. Je la connaissais depuis toujours mais c'était comme si je la voyais pour la première fois. Il y avait des posters aux murs, qui dataient de sa jeunesse. Des groupes que je ne connaissais pas, mais surtout le portrait du Che, et un autre, caricatural, qui se moquait d'un certain Pinochet. Deux autres étaient des affiches jaunies de propagande antinucléaire. Il était soudain évident que mon père, à mon âge, avait été aussi en colère que moi contre son monde. Et plutôt que d'être heureux de le découvrir, cela m'a fait peur. Est-ce que, comme lui, j'allais abandonner ma colère ? Est-ce que j'allais me résigner un jour et devenir à mon tour celui que je voyais en lui : un petit-bourgeois complice du système ?

Deux soirs avant mon départ, à table, pépé m'a parlé de son mariage. De cette grand-mère qui me fascinait depuis toujours parce que, ne l'ayant pas connue, je l'avais imaginée.

– J'étais déjà fiancé, quand on s'est rencontrés. Avec la fille d'un voisin, un gros agriculteur qui possédait une grande partie des terres autour du village. Ça a fait toute une histoire quand j'ai dit que je ne voulais plus me marier ! Mais ta grand-mère était tellement lumineuse. Il suffisait qu'elle arrive quelque part pour que tout soit à sa place.

– Elle avait quel âge quand…

– Cinquante-quatre ans. Le cancer. Moi, j'en avais soixante. Elle n'avait pas changé. Physiquement, si, mais elle était aussi merveilleuse que le premier jour où je l'ai vue… Tu sais, Hugo, j'ai voulu mourir, quand elle est partie. C'est impossible à expliquer, il faut avoir connu ça pour comprendre. Plus rien n'avait de sens sans elle. Rien. Je ne comprenais même pas pourquoi le jour prenait encore la peine de se lever le matin ! J'aurais préféré mourir, vraiment. La suivre. Continuer avec elle… Mais il y avait tes parents. Ton père adorait sa mère et il a été très secoué par sa mort. Alors j'ai tenu bon pour lui, et puis pour vous aussi. Pour connaître mes petits-enfants. Mais je te jure que si j'avais été seul, je me serais fait sauter le caisson, que Dieu me pardonne. Je n'étais pas désespéré, j'étais perdu. Pour moi c'était évident : ma vie d'ici avait pris fin avec la disparition de ta grand-mère. Je pouvais passer à autre chose…

Mon grand-père était essoufflé d'avoir tant parlé. Nous sommes restés silencieux un moment. Je regardais ses gros doigts tapoter nerveusement la toile cirée et j'essayais de le voir autrement qu'en grand-père, en homme d'un autre temps. J'essayais de l'imaginer en homme amoureux, passionné, en amant, en jeune époux, en jeune père, en veuf anéanti par le chagrin. Comme moi, comme mon père, il avait aussi été un adolescent lancé à la découverte de la vie, essayant de se frayer un chemin, une identité dans un monde d'adultes. Comme lui, un jour je serai un vieillard inutile, un homme qui a fait son temps et dont les autres ne voient plus que la coquille usée sans s'attarder au chemin qui l'a mené là. Sa vie. Quel vieillard serai-je un jour ? Quel passé aurai-je alors derrière moi ? Quelles hontes, quels regrets, quelles fiertés ?

Soudain, pépé s'est mis à pleurer.

– Ça fait vingt ans que je ne l'ai pas vue ! C'est trop. Je n'en peux plus, Hugo !

Ce chagrin intact après tant d'années m'a stupéfait. C'était la première fois que je voyais mon grand-père pleurer, et curieusement, son visage n'avait jamais semblé si jeune qu'en cet instant. Il était comme illuminé par ce chagrin, par ces larmes si sincères qu'elles en étaient enfantines. Je ne savais quoi dire, quoi faire, quand j'ai senti monter en moi une émotion nouvelle : la compréhension parfaite de ce que ressentait mon grand-père. Alors moi aussi, je me suis mis à pleurer sur cette femme que je ne connaissais pas. Parce qu'il n'y avait rien d'autre à faire. Parce que c'était la moindre des choses.

Après un moment, pépé a sorti son mouchoir et s'est repris.

– Pardon, Hugo. Pardon. Je ne voulais pas t'attrister. Tu sais, ça me fait plaisir que tu sois venu passer une semaine ici. Tes parents m'ont dit que tu n'allais pas bien mais moi, je ne trouve pas. Je suis rassuré.

Je lui ai souri, pas bien sûr de partager son optimisme.

– Mes petits-enfants vont bien, il a ajouté. Mon fils a fait sa vie. Je crois que cette fois, tout est dit.

Je n'ai pas porté grande attention à ces dernières paroles, surtout qu'elles étaient prononcées, cette fois, sans plus de tristesse. Je n'y ai repensé que le lendemain, quand, à 8 heures, mon grand-père n'était toujours pas dans la cuisine pour le petit déjeuner, lui qui se réveillait toujours entre 5 h 30 et 6 heures.

Je n'ai osé entrer dans sa chambre qu'à 10 heures, et l'ai trouvé étendu sur le dos, mort et paisible.

Je ne sais pas pourquoi, mais j'ai attendu la fin d'après-midi pour prévenir mes parents. Entre-temps, j'ai fait ma promenade habituelle autour du village, je me suis préparé un déjeuner, j'ai lu et j'ai allumé un feu. La présence du corps de mon grand-père ne me faisait pas peur, ne me gênait pas. Elle me semblait naturelle, dans l'ordre des choses.

J'ai longuement regardé la photographie de ma grand-mère, cette femme qui avait fait perdre la tête à un jeune homme fiancé puis l'avait accompagné le restant de ses jours. Et je me suis dit que même si mes parents ne m'avaient pas appris à croire en Dieu, j'espérais que ces deux-là, quelque part, s'étaient déjà retrouvés.

Enfin, vers 17 h 30, j'ai composé le numéro de portable de mon père.

– Pépé est mort, j'ai dit.

Puis, quelques secondes après :

– Il n'a pas voulu se réveiller.

12

< *J'ai beaucoup lu Christian Bobin, à une époque. Mais pas depuis longtemps. Le livre rouge dont tu me parles doit être plus récent, je ne le connais pas. Les extraits que tu m'as envoyés sont très beaux. Je comprends qu'ils t'aient touché, surtout avec la mort de ton grand-père. Je te comprends, Hugo. Je ne peux que t'approuver. Mais je n'ai pas de réponse à tes questions. Je ne sais pas où il faudrait vivre pour trouver un bon équilibre. Existe-t-il un bon équilibre ? N'est-ce pas à chacun de nous de l'inventer ? Je te comprends aussi quand tu dis que Mayotte n'est pas pour toi. Moi, j'y suis par amour, pour mon mari, pour mes enfants qui y sont nés. Mayotte est vraiment devenue ma vie, mon chez-moi. L'important est cette vigilance que tu as gagnée. Mais donne-toi du temps, Hugo. Ne sois pas trop pressé. Ta vie est devant toi, à bâtir. En te lisant, en lisant la description que tu me fais de tes camarades de classe, de ta petite sœur, je me dis que j'ai de la chance d'avoir mon âge, d'avoir quarante-six ans, et d'être née à une époque où les jeunes n'étaient pas encore un enjeu*

financier, un « cœur de cible » comme disent les publicitaires.

Françoise.

PS : Bon courage pour l'enterrement. >

Il n'y a pas d'église dans le village de pépé, et la cérémonie religieuse a eu lieu dans le bourg voisin. Nous n'étions que huit à y assister, ce qui m'a rendu plus triste que la disparition de mon grand-père elle-même. Je savais qu'il était volontaire pour la mort depuis longtemps, qu'il l'attendait avec impatience, qu'il avait dû l'accueillir avec le sourire. Mais si peu de monde pour saluer la fin de toute une vie !

Au cimetière, des vieux du village qui n'avaient pas pu se rendre au bourg nous ont rejoints. Quand les croque-morts ont commencé à faire descendre le cercueil dans la tombe sur laquelle était gravé le nom de ma grand-mère inconnue, je me suis éclipsé. Le cimetière est juste à la sortie du village, à quelques pas de l'itinéraire de notre promenade habituelle. J'ai marché dans nos pas à pépé et à moi, me demandant si je parcourrais de nouveau un jour ce chemin, me sentant hors du temps, de mon âge, étant à la fois un enfant, un adolescent et un vieil homme. Pour la deuxième fois de ma vie, comme le jour où l'avion m'avait enlevé à Mayotte, j'avais conscience qu'une partie de ma vie s'achevait, que des lieux, des habitudes, des sensations, allaient quitter la sphère de mon existence. Une sourde tristesse s'est petit à petit emparée de moi, et avec elle la conscience aiguë du caractère irréparable de la vie. Tout était dit, pour mon grand-père. C'étaient ses propres mots, et ils me frappaient soudain par leur justesse. Pour lui, c'était fait. La vie était passée. Sa conscience du monde, des autres, du passage du temps, sa capacité à la douleur, à la joie, à la colère, au plaisir s'étaient éteintes. Jusqu'à sa peine d'avoir perdu celle qu'il aimait. Tout ce qui avait fait de lui un être humain. Il n'était plus là. Il n'était plus. La bougie était soufflée. Sans doute la maison allait être vendue, vidée de ses meubles pour que d'autres en prennent possession, y repeignent les murs, y installent leurs meubles, s'y aiment, s'y disputent, y regardent la télé, y mangent, y jardinent, y dînent dans la cour en été, y décorent des sapins de Noël, y élèvent des enfants, y soient malades, y rient, y pleurent, y vieillissent et y meurent à leur tour.

J'avais la gorge nouée quand je suis arrivé près de la grosse cloche du village, la poitrine gonflée. J'ai ramassé des cailloux, comme je l'avais si souvent fait enfant et, des larmes coulant enfin de mes yeux, je les ai jetés un à un sur la cloche pour la faire sonner en hommage à mon grand-père.

Le collège a repris deux jours plus tard et j'y suis retourné tel un automate, en me demandant s'il était censé se passer autre chose dans la vie que l'écoulement du temps. Si un jour, devenu sans même m'en rendre compte un vieil homme, j'allais jeter un regard en arrière pour constater que rien ne m'était vraiment arrivé, que j'avais oublié mes rêves, mes ambitions, que je m'étais résigné à seulement exister.

J'étais déprimé, d'autant plus que débutaient les soldes d'hiver, repère temporel moderne, saison dans la saison. Et déjà, j'étais moins choqué qu'en juillet dernier, moins en colère, plus résigné. Déjà, j'étais perdant.

C'est alors que j'ai rencontré Charly. C'était Charlotte, en vrai, mais tout le monde l'appelait Charly.

D'abord, je n'ai fait que l'apercevoir. Une chance incroyable, comme si une force supérieure se débrouillait toujours pour que ce qui doit se passer se passe.

J'avais décidé à la rentrée d'aller au collège et d'en revenir en bus. Je ne voulais plus faire le trajet de la maison à Lille dans la voiture familiale, et je crois qu'au fond, mes parents et ma sœur en ont été soulagés tant ma présence était devenue inconfortable.

Un soir, en revenant des cours, c'était un jeudi, assis dans le bus, le front appuyé contre la vitre couverte de buée, j'ai cru voir une silhouette en train d'escalader un grand panneau publicitaire sur lequel on voyait une femme au bord de l'orgasme parce qu'elle venait de manger un yaourt. Je me suis redressé, retourné et, le temps que le bus s'éloigne, j'ai pu confirmer mon impression.

Sans réfléchir, j'ai aussitôt appuyé sur le bouton d'arrêt et suis descendu à la station suivante. J'ai rebroussé chemin à pied, courant pour ne pas arriver trop tard, à contre-sens de la circulation, ébloui par les phares des voitures et des camions dont le vacarme couvrait le bruit de mes pas. Quand je suis arrivé en vue du panneau publicitaire, j'ai entendu un bruit métallique suivi d'un :

– Merde !

Je me suis approché pour constater qu'une bombe de peinture avait roulé jusque dans le caniveau, son propriétaire encore perché à deux mètres du sol. L'affiche que j'avais vue depuis le bus était déjà en partie recouverte de peinture noire, la marque du yaourt partiellement effacée, le slogan publicitaire remplacé par un autre fraîchement peint : *PUB = VIOL MENTAL*. J'ai ramassé la bombe, me suis approché du panneau et ai tendu le bras vers le haut. L'autre était en train de redescendre avec une agilité déconcertante et s'est figé en me voyant. Nous nous sommes fixés du regard un moment et j'ai vu qu'il s'agissait d'une fille d'à peu près mon âge, peut-être un peu plus. Il faisait nuit, mais à la faible lumière orangée d'un lampadaire et au hasard des pinceaux lumineux des véhicules qui passaient dans mon dos, j'ai pu voir qu'elle avait les yeux très clairs et les cheveux blonds sous la capuche relevée de son sweat.

Elle a pris la bombe de peinture que je lui tendais, a hésité un instant puis est remontée en haut de l'affiche en quelques mouvements précis. Une véritable acrobate. Une fois rendue, elle a bombé la marque du yaourt qui restait visible et est aussitôt redescendue.

Mon cœur cognait ma poitrine et on s'est retrouvés l'un en face de l'autre.

– Tu veux ma photo ? m'a-t-elle demandé.

Il fallait que je trouve quelque chose à dire avant qu'elle disparaisse.

– Je peux t'aider ?

– Quoi ?

– Je peux t'aider, si tu veux ?

– J'ai besoin de personne.

Elle m'a tourné le dos et s'est éloignée à grands pas. Je l'ai suivie, sentant qu'il était en train de se passer quelque chose d'important pour moi, en moi, même si je ne savais pas quoi.

Elle s'est arrêtée quelques secondes plus tard et m'a lancé :

– J'ai pas besoin de chien, non plus ! Pourquoi tu me suis ?

J'avais le souffle court, le pouls d'un sprinter, les mains légèrement tremblantes.

– Je veux faire comme toi.

– Faire quoi ?

– Taguer des affiches. Casser des pubs.

L'emploi de cette dernière expression a semblé l'amadouer et elle a froncé les sourcils. Puis elle m'a regardé de la tête aux pieds. Ses yeux clairs se sont arrêtés quelques instants sur mes baskets et j'ai remercié le ciel de m'avoir fait choisir mes Nike au logo effacé ce matin dans mon placard. Tout s'est joué à ce simple détail.

La fille m'a regardé et m'a dit « OK » en me lançant sa bombe aérosol.

– Vas-y !

J'ai mis quelques secondes avant de comprendre, avec sans doute un air complètement débile, puis je me suis repris et ai jeté un coup d'œil autour de moi. Nous étions en banlieue de Lille, non loin d'une zone d'activité, et les panneaux publicitaires ne manquaient pas. Il y en avait un juste en face de nous, de l'autre côté de la rue et du flux de voitures, camions et bus. Je me suis lancé, entendant derrière moi coups de freins et de klaxon, et suis arrivé sans encombre au pied du panneau qui vantait le rapport qualité-prix d'une chaîne de magasins d'ameublement.

J'étais loin d'être aussi agile que celle dont je ne connaissais pas encore le prénom, mais un gros poteau électrique en béton m'a permis, sans difficulté, de me hisser à hauteur du logo du magasin. J'ai dû me servir de ma main gauche, me tenant au poteau de la droite, penché au-dessus du vide. J'atteignais à peine l'affiche avec le jet de peinture et deux des lettres de la marque les plus éloignées étaient inaccessibles. Je me suis encore écarté du poteau, sur la pointe des pieds, ne me tenant plus que par le bout des doigts, et je suis parvenu à effacer les dernières lettres… juste avant de tomber.

Je n'ai pas eu le temps de crier que je me suis retrouvé vautré dans des sacs-poubelles que mon poids venait d'éventrer. Pas de casse, sinon mon blouson déchiré et mon jean sale.

Je me suis relevé en essayant d'avoir l'air digne tout en faisant tomber de mes vêtements une peau de banane, des pépins de mandarines et un peu de gras de jambon. Puis j'ai bravé une nouvelle fois la circulation automobile pour retrouver la fille qui se retenait difficilement de rire. Elle m'a tendu la main :

– Moi, c'est Charly.

– Hugo.

Nous ne savions plus quoi nous dire et j'ai soudain eu peur de la perdre.

– On peut se revoir ?… Demain ?

– Demain… OK. Même heure, je termine à 5 heures.

– Où ?

Elle m'a indiqué le nom d'une station de bus de ma ligne, m'a dit « Salut » et est partie d'un pas à la fois souple et rapide.

J'ai soudain pris conscience de l'heure tardive et j'ai couru prendre le bus suivant à l'intérieur duquel les passagers s'écartaient à mon passage tant je puais la vieille poubelle.

À la maison, personne n'a remarqué mon retard et j'ai réussi à fourrer mon jean au fond de la machine à laver sans éveiller de soupçons.

Les heures suivantes m'ont donné l'impression de me narguer à force de prendre leurs aises. La soirée, la nuit dont j'ai vu chaque révolution s'afficher sur mon radioréveil, les cours du lendemain… Mon propre rythme de vie s'était soudain accéléré depuis que j'avais rencontré Charly et en comparaison, tout autour de moi semblait passer au ralenti.

Mais la nuit a fini par tomber, et mon bus par s'arrêter à la station à laquelle j'avais rendez-vous. Une fois encore, j'avais le souffle court et mes mains étaient tremblantes. Je commençais à me demander ce qui était en train de m'arriver quand Charly est apparue.

Cette fois, sa capuche était baissée et elle m'a souri. Je l'ai trouvée magnifique.

Ce soir-là, nous avons « effacé » cinq panneaux publicitaires et j'ai appris que Charly était en terminale, se préparant à passer avec un an d'avance un bac littéraire, et que le mercredi et le samedi, elle fréquentait une école du cirque. Elle m'a parlé de sa famille et d'un groupe d'amis militants, tous lillois, qui avaient fondé une association de casseurs de pub : certains barbouillant les panneaux et écrivant des slogans anti-pub, d'autres retournant les affiches pour les transformer en espaces d'expression libre. Volubile, elle m'a dit qu'elle voulait faire des études de droit et, plus tard, se lancer dans la politique, d'abord au niveau local, puis à l'échelle nationale. Elle était ambitieuse, vive, beaucoup plus au fait que moi du monde politique, économique et social et je n'osais rien dire de peur d'avoir l'air maladroit et ignorant. Tout ce que j'avais entraperçu sur le Net, ce que j'avais seulement vaguement commencé à comprendre était déjà intégré, digéré et compris par Charly qui, avec son année d'avance et mon année de retard, n'avait en fait qu'un an de plus que moi.

Ce soir-là, ma mère m'a demandé pourquoi je rentrais en retard pour la deuxième fois. J'ai menti en disant que j'avais raté mon bus. Mais en milieu de semaine suivante, alors que je continuais à retrouver Charly après les cours, elle m'a dit :

– Tu ne vas pas remettre ça ?

Ma mère a vu que je ne comprenais pas à quoi elle faisait allusion et elle a précisé :

– Tu ne vois pas une fille, au moins ? On a assez donné l'an dernier !

Les jours suivants, les semaines suivantes, Charly est devenue le centre de ma vie. Toute ma vie. Plus rien n'avait d'importance que cette demi-heure quotidienne que nous partagions, durant laquelle je l'écoutais pendant que nous barbouillions des pubs, détournions le sens des slogans sur des affiches, peinturlurions le flanc des bus. J'avais l'impression d'exister auprès d'elle, de comprendre chaque jour un peu plus qui j'étais et qui je voulais devenir.

Pendant les vacances de février, Charly m'a présenté ses parents et ça a été un nouveau choc. Ils avaient l'âge des miens mais c'était bien la seule chose qu'ils avaient en commun. Ils avaient l'air plus jeunes, ne s'habillaient pas comme des « parents », ne parlaient pas comme des « parents », ne se comportaient pas avec leur fille comme des « parents ». Non seulement ils étaient au courant des activités « illégales » de Charly, mais ils la soutenaient et faisaient partie de la même association militante qu'elle.

C'était un autre monde que le mien. Un monde dans lequel, j'en ai eu la certitude dès cette première rencontre, j'aurais pu trouver les réponses aux questions qui me rendaient la vie si compliquée depuis mon retour en métropole.

Une semaine plus tard, honteux, j'ai amené Charly à la maison en l'absence de mes parents. J'avais pour projet de créer un blog anti-pub que je voulais baptiser *Tout doit disparaître* en référence à cette phrase placardée sur la boutique où j'avais accompagné mamie pour les soldes de juillet. Charly avait proposé de m'aider et je lui avais dressé un portrait catastrophique de ma famille pour atténuer le choc qu'elle ne manquerait pas de subir en découvrant mon cadre de vie.

– C'est sympa, chez toi ! a-t-elle dit sincèrement en entrant dans la maison.

Je me suis aussitôt détendu, jusqu'à ce que Charly croise Lydie sur le palier du premier étage. Ma sœur était en rose de la tête aux pieds, des breloques dorées aux doigts et aux oreilles, son téléphone mobile pendant à son cou, des barrettes à paillettes dans les cheveux. Mon cauchemar ambulant.

– Elle est mimi, ta sœur ! m'a simplement dit Charly quand nous sommes entrés dans ma chambre.

Finalement, la vie était belle !

Et elle le serait restée si je n'avais pas tout gâché une heure plus tard, alors que nous étions devant l'écran de mon ordinateur à travailler sur le blog.

Je n'avais cessé de regarder Charly depuis notre arrivée, sa façon de remonter sa mèche, la manie qu'elle avait de mordre sa lèvre inférieure avec ses dents si blanches, son cou long et fin qui se tendait quand elle renversait la tête en arrière pour rire. Je la trouvais parfaite dans ses vêtements amples qui formaient un look indéfinissable. Mieux que parfaite, même. Et ça a été plus fort que moi, plus rapide aussi. Au hasard de notre travail, elle a tourné son visage vers le mien, ses yeux bleu clair dont je rêvais en secret la nuit, et j'ai pris son visage entre mes mains pour plaquer mes lèvres contre les siennes.

Charly s'est levée d'un bon, stupéfaite. Elle m'a regardé comme si elle ne me connaissait pas, a bafouillé qu'il était tard, qu'elle devait y aller, et est sortie de ma chambre.

Je me suis cogné la tête contre la porte fermée. Trente-deux fois, je les ai comptées. Je me suis arrêté quand j'ai commencé à me sentir étourdi, et me suis laissé tomber sur mon lit, mortifié de honte et de regrets.

Je n'ai pas revu Charly le jour suivant, ni le suivant. Ni la semaine suivante. Le printemps est venu et elle ne répondait plus à mes messages, ne décrochait plus son portable.

Mon blog était en ligne, et j'espérais qu'elle le consultait de temps en temps. J'en étais sûr, en fait. Alors, malgré mon dégoût de tout, je continuais à l'alimenter, à écrire des tribunes militantes, à y relater mes actions désormais solitaires. Car je continuais à effacer des pubs dans la rue, pour Charly, pour qu'elle le sache. Je rêvais qu'elle passait devant une affiche recouverte de peinture et qu'elle pensait à moi avec amertume et nostalgie. Avec désir, aussi. Je prenais mes « exploits » en photo avec mon portable et les mettais en ligne.

C'est pour cela que j'ai eu l'idée d'« effacer » le distributeur de boissons du collège. Pour l'impressionner, pour la ramener à moi.

La machine ne distribuait plus que des pommes et de l'eau, depuis qu'une loi interdisait de vendre des boissons sucrées dans l'enceinte des établissements scolaires. Mais l'appareil lui-même n'en affichait pas moins encore les couleurs bleu, rouge, blanc, de Pepsi et une énorme canette dessinée sur son flanc.

J'ai demandé à Kara de me filmer avec mon portable, ce qu'elle a fait avec le désintérêt qu'elle continuait à porter sur tout, moi y compris. Une cagoule sur la tête, j'ai bombé le distributeur jusqu'à ce qu'il soit entièrement noir, puis, sur le mur blanc, j'ai écrit en lettres rouges : *HALTE AU HARCÈLEMENT PUBLICITAIRE !*

Le soir même, ce clip était en ligne sur mon blog. Le lendemain matin, j'étais convoqué chez le principal du collège. Une semaine d'exclusion, et encore, le principal m'a dit qu'il avait été indulgent par égard pour mes parents qui étaient, je cite : « des membres respectables et performants de ses équipes enseignantes ».

Quand je suis rentré à la maison, j'ai trouvé la famille en effervescence. J'ai d'abord cru que c'était à cause de mon renvoi, mais l'arrivée d'une voiture de police m'a fait penser qu'il s'était passé quelque chose de plus grave.

Nous avions été cambriolés. En plein jour, sous le nez de nos voisins.

La télé à écran plat avait disparu, la chaîne hi-fi, nos ordinateurs, le lecteur DVD, les couverts en argent, le peu de bijoux que maman ne gardait pas dans le coffre de sa banque, ma montre que j'avais oubliée le matin, deux lampes design, quatre coupes de champagne en cristal, le robot ménager Magimix chromé que ma mère s'était offert aux soldes de janvier, un tapis d'Orient de grande valeur.

Papa, livide, parlait aux policiers, maman et Lydie pleuraient devant le désastre. Je n'ai pu m'empêcher de penser que ce cambriolage allait me faire échapper à une sérieuse engueulade et suis monté dans ma chambre qui avait été visitée de fond en comble, les tiroirs de mon bureau vidés, mon lit retourné, le contenu de mes étagères renversé au sol (y compris ma collection secrète de *Playboy* que je me suis empressé de cacher de nouveau en me demandant si mes parents avaient eu le temps de la voir).

Je me suis assis sur mon lit sens dessus dessous et j'ai contemplé ce champ de bataille. L'idée que des étrangers étaient entrés dans notre maison en notre absence, dans ma chambre, était déplaisante. Et pourtant, je me sentais curieusement serein, étrangement léger, insensible, « inatteignable ». En repensant à mes parents et à ma sœur bouleversés au rez-de-chaussée, des bribes de phrases de *Mendiants et orgueilleux*, le roman d'Albert Cossery, me sont revenues en mémoire :

> *Les objets recelaient les germes latents de la misère, la pire de toutes, la misère inanimée [...] Le dénuement de cette chambre avait pour Gohar la beauté de l'insaisissable, il y respirait un air d'optimisme et de liberté. [...] Là où il n'y avait rien, la tempête se déchaînait en vain. L'invulnérabilité de Gohar était dans ce dénuement total ; il n'offrait aucune prise aux dévastations.*

En d'autres termes, nous sommes tous prisonniers de nos biens, et être libre, c'est ne rien posséder.

13

Deux semaines plus tard, depuis le CDI du collège, j'écrivais un message à Françoise. Ces phrases de *Mendiants et orgueilleux* me hantaient, et cette idée de dénuement qui serait la condition du bonheur.

< *Est-ce qu'il faut renoncer à tout pour être heureux ?* demandais-je à Françoise. *Est-ce qu'il faut mener une vie de moine ? Je ne suis pas sûr d'en avoir vraiment envie ! J'ai seize ans, la vie devant moi, comme tu me l'as dit, et j'ai peur de ne pas en avoir le courage. J'étais plus heureux avant d'avoir pris conscience du monde dans lequel on vit. Mais le bonheur doit-il être le but ? Je ne veux pas mener la même vie que mes parents, accumuler des objets qui ne servent à rien, vivre pour acheter, pour posséder, pour montrer aux autres ce qu'on possède ! Je ne sais plus trop ce que je veux. Des fois, j'envie ma sœur qui a l'air si bien, avec ses copines débiles, ses magazines débiles, ses séries débiles à la télé, son armoire pleine de fringues débiles et sa collection de sonneries débiles sur son portable débile. J'ai honte pour elle mais en même temps, elle a l'air heureuse alors que moi…* >

Les vibrations de mon téléphone mobile m'ont interrompu au milieu de la phrase. C'était un SMS, et mon cœur a fait un bond quand je l'ai lu.

< *Samedi : grande opération à Paris. La presse est au courant, il faut frapper fort. On a besoin de tout le monde. Rdv 14 h au point accueil de la gare de Lille-Europe.*

Je compte sur toi. CHARLY. >

J'ai inventé un mensonge si gros qu'il est passé comme une lettre à la Poste et à 13 h 30 le samedi suivant, je piétinais d'impatience dans la gare Lille-Europe.

J'avais tout imaginé, fait le tour des scénarios possibles. J'avais fantasmé l'arrivée de Charly se jetant dans mes bras en me disant combien je lui avais manqué. Plus raisonnablement, j'avais ensuite mis mentalement en scène des retrouvailles hésitantes, tendues et émouvantes durant lesquelles il nous aurait fallu dix bonnes minutes pour nous jeter l'un sur l'autre et nous embrasser à pleine bouche. Je nous avais rêvés ensuite dans le TGV lancé à pleine vitesse vers la capitale, assis l'un contre l'autre, ne pouvant détacher nos lèvres tant le désir nous habiterait, ne pouvant nous empêcher de nous caresser mutuellement malgré la présence des autres passagers du train. J'avais même, dois-je l'avouer, imaginé que nous finirions par nous cacher dans les toilettes pour faire fiévreusement l'amour.

Dans ces scènes j'étais beau et grand et spirituel. Irrésistible. Après tout, c'était elle qui avait repris contact ! Elle qui m'avait envoyé un SMS ! Irrésistible…

Charly n'est pas arrivée seule, à 13 h 55. Son père était là, qui m'a chaleureusement serré la main, mais aussi des amis que je ne connaissais pas : deux filles d'une vingtaine d'années, une femme qui avait environ la quarantaine et un grand blond aux yeux verts.

Charly m'a fait la bise. Revoir ses yeux venait de me plonger dans un état de transe que j'avais bien du mal à cacher. Elle était encore plus belle que dans mes souvenirs qui ne dataient pourtant que de quelques semaines. Elle rayonnait de vivacité, d'intelligence, de générosité. En une fraction de seconde, je me suis souvenu des paroles de mon grand-père quand il m'avait raconté sa rencontre avec celle qui allait devenir sa femme et ma grand-mère inconnue, et je me suis vu, vieillard, narrant l'instant présent à l'un des mes petits-enfants. Mais je suis revenu sur terre brutalement quand Charly m'a désigné le grand blond aux yeux verts en me disant :

– Hugo, je te présente David. David : Hugo.

David avait vingt-cinq ans, il était grand, blond et aux yeux verts, mais aussi extrêmement sympathique et séduisant, la voix grave et chaude, la poignée de main franche et honnête. Son regard, surtout, était aussi pénétrant que celui de Charly, ce qui faisait d'eux un couple superbe qui m'a physiquement rendu malade.

Je me suis précipité aux toilettes quand nous sommes montés dans le TGV, le ventre parcouru de spasmes si douloureux que j'en ai pleuré.

Une fois soulagé, j'ai rejoint la bande qui s'était enrichie de six nouveaux membres dans le wagon. Charly m'avait gardé une place près d'elle et de

David. Ils m'ont expliqué le programme de la journée, les stations de métro dans lesquelles, comme des centaines de militants venus de toute la France, nous allions « casser » les pubs. Ils m'ont aussi parlé de la règle consistant à ne s'attaquer qu'aux affiches et jamais au matériel de la RATP, du fait d'agir à visage découvert malgré les caméras de surveillance pour que le public n'assimile pas notre action à des actes illégaux de violence.

Je faisais mine de les écouter en hochant la tête de temps en temps alors que je ne pensais qu'à mon chagrin, mon humiliation, mon impression, face à ce David qui était assis tout contre Charly, de n'être qu'un gamin seulement bon à s'exciter devant son ordinateur connecté à des sites pour adultes ou à feuilleter d'une main des magazines sur les pages glacées desquels les femmes étaient offertes et consentantes.

Une fois à Paris, tout a été très vite.

Nous avons pris la ligne 4 du métro, et commencé par la station Strasbourg-Saint-Denis. Le père de Charly avait apporté quelques bombes de peinture supplémentaires pour ceux qui n'en avaient pas. Nous sommes intervenus au milieu des usagers du métro sidérés de voir une bande de furieux se mettre à peinturlurer les affiches qui couvraient les murs, à remplacer leurs slogans par des *POLLUTION VISUELLE*, *PAS DE QUARTIER POUR LES PUBS* et autres *PUB = POLLUTION*...

Après avoir plongé au fond du fond de mon moral dans le train, je me sentais exalté. J'avais besoin de me sentir exalté, d'oublier Charly et David, de me soûler dans l'action, de sortir de moi-même. J'étais le plus excité de tous, poussant des cris de joie à chaque affiche piratée, faisant le double de boulot des autres.

Il fallait agir vite, et changer de station le plus souvent possible. Imaginer que partout dans Paris, d'autres casseurs, barbouilleurs, déboulonneurs de pub étaient en train de faire la même chose que nous me donnait un sentiment de toute-puissance. L'action n'était-elle pas la réponse à toutes mes questions ? Agir et cesser enfin de ruminer ?

La suite me revient comme les images d'un film.

Station République. 16 h 10.

Charly me regarde intensément. Le monde se résume à ses yeux bleus.

– Embrasse-moi, Hugo.

Je crois avoir mal entendu.

– Cette fois, c'est moi qui te le demande. Embrasse-moi, Hugo.

– Mais David ?

– David ! Quoi, David ?

– Ben je sais pas… David et toi…

Un sourire agrandit le visage de Charly.

– David est mon cousin, idiot ! Embrasse-moi… Vite !

Je tremble et j'ai du mal à respirer. J'avance mon visage vers le sien et je l'embrasse. Je pose seulement mes lèvres sur les siennes et c'est elle qui se rapproche et glisse sa langue dans ma bouche. C'est notre premier baiser. L'autre, si maladroitement volé, ne compte pas. C'est mon premier baiser. Le premier de ma vie, malgré ceux donnés avant, dans un autre monde. Je pourrais passer ma vie dans ce couloir de métro à ne respirer qu'à travers le souffle de Charly, à me nourrir de sa chaleur, à m'abreuver de sa salive. Je pourrais mourir ainsi, ici.

Nos bouches se séparent.

– C'est un pacte qu'on passe aujourd'hui, murmure Charly, son haleine caressant ma peau. Ne change pas. Promets-moi de ne jamais changer, de ne jamais baisser les bras.

– Juré, Charly.

– Pas de concession, Hugo, pas de capitulation. Jamais. Le monde est à nous. Notre vie nous appartient. On n'a pas le droit de changer, pas le droit de se résigner, pas le droit de vieillir.

Ses yeux sont brillants et sa bouche entrouverte. Je brûle de l'embrasser encore mais quelqu'un donne le signal et nous déboulons sur les quais.

Je suis incandescent. Je vole. Je sais intensément que je ne trahirai pas le pacte que je viens de passer avec Charly. Un pacte d'amour et de vigilance. Mes convictions ne seront jamais de vieux posters oubliés dans ma chambre d'ado. En le jurant à Charly je me le suis juré à moi-même.

J'efface une pub Nokia, une affiche pour les Galeries Lafayette, puis, sur un distributeur de boissons aux armes de Vittel, j'écris rageusement *NO LOGO !* C'est une erreur : en dégradant du matériel, je peux être poursuivi en justice.

L'un de nous, je ne sais lequel, crie : « Les keufs ! »

Je termine le distributeur et j'entends des bruits

de bottes. Trois flics en uniforme jaillissent en courant sur le quai.

– Hugo, casse-toi ! crie Charly.

Je laisse tomber ma bombe de peinture et je me mets à courir. J'aperçois Charly qui disparaît déjà dans les couloirs au fond de la station. Les flics ne sont pas loin et m'ordonnent de m'arrêter. J'allonge mes foulées et pique à droite dans un couloir. Je monte un escalier trois marches à la fois. Je tourne à gauche et prends un escalator à contresens. Des gens crient. Arrivé en haut, je prends à droite dans un couloir. Les pas de course sont toujours à mes basques. Je me retourne. L'un des flics n'est pas loin. Je glisse et je tombe. Le flic est sur moi et me donne un coup de pied dans le flanc droit.

– Enculé ! je crie de douleur.

Un deuxième coup de ranger me coupe le souffle.

C'est mon père, le lendemain matin, qui est venu me sortir de la cellule de dégrisement, comme les flics appellent la cage dans laquelle ils m'ont gardé jusque-là. Je suis sûr qu'il a attendu le matin pour que ça me serve de leçon. Il peut toujours se brosser.

Il n'a pas dit un mot de tout le trajet en voiture entre Paris et Bondues. Juste une phrase, d'une voix excédée, en arrivant devant la maison, en allusion au cambriolage :

– Merci, Hugo. On n'avait vraiment pas besoin de ça en plus !

La grande explication n'est venue qu'après le petit déjeuner, il y a deux heures.

Mon père, ma mère et moi dans la cuisine. Ils ont essayé de se la jouer tolérants, calmes, compréhensifs. Je voyais qu'ils étaient fous de rage, et sans doute aussi d'inquiétude. On a parlé de mon renvoi du collège, de mon blog dont ils avaient pris connaissance, des bombes de peinture cachées dans ma chambre.

– Qu'est-ce qui t'arrive ? m'a demandé ma mère. Qu'est-ce qui se passe, Hugo ? Tu n'es pas heureux ? On fait tout ce qu'on peut, ton père et moi, tu sais ?

Je le savais.

– C'est pas moi qui vais mal, j'ai dit. C'est le monde.

En prononçant ces mots, je savais qu'ils n'étaient pas les bons, qu'ils étaient grandiloquents, presque ridicules.

Mon père a soupiré.

– Nous aussi, à ton âge, on voulait refaire le monde, Hugo ! a-t-il dit d'un ton compréhensif qui m'a aussitôt exaspéré. Un jour, tu comprendras que…

– Non ! j'ai gueulé. Jamais ! Je ne serai jamais comme vous !

J'aurais aimé ne pas m'énerver, me comporter en adulte. Trouver les mots et expliquer mon point de vue, mes convictions, avec calme et justesse, d'une voix grave et assurée. Mais j'ai commencé à bégayer, à bafouiller, à être grossier et injuste. J'avais envie de pleurer de rage de me sentir impuissant et prisonnier dans ce monde aux mains des adultes.

Alors mon père, avec ce savant dosage d'inquiétude, d'exaspération, de défi, de mépris, de déception et d'amour, m'a demandé :

– Mais alors, qu'est-ce que tu vas devenir, Hugo ? Qu'est-ce qu'on va faire de toi ? Dis-moi, je t'écoute ! Qu'est-ce que tu veux faire dans ta vie ?

L'eau est redevenu froide. Il va bientôt être l'heure de sortir de la salle de bains, de mettre la table, de déjeuner avec mes parents et ma sœur comme n'importe quel dimanche. Mais non, pas comme n'importe quel dimanche ! Il n'y aura plus de dimanche comme les autres, pour moi. Ou alors seulement en apparence. Charly m'a laissé un message pour savoir si tout allait bien. Je n'ai eu le temps que de lui envoyer un SMS *:*

< Mal aux côtes, mais sinon, tout va bien. T'appelle dès que je peux. Pas de capitulation, juré. Je t'aime. Hugo. >

J'ai enfin trouvé quoi répondre à mon père.

J'aurais pu lui dire que dans ma vie, je voulais marcher sur la Lune, faire l'amour tous les jours, être une star adulée par les filles, faire le tour du monde en bateau, découvrir le vaccin contre tous les cancers, avoir le sens de la répartie, avoir le courage d'être un père… Mais la vraie réponse est à la fois plus simple et plus compliquée : plus tard, dans ma vie, je veux être un homme libre.

Collection Romans

Niveau de lecture : 3e et plus

L'Amour en chaussettes
de Gudule

La Danse interdite
de Rachel Hausfater

Un jour avec Lola
de Jean-Paul Nozière

Le Goût de la mangue
de Catherine Missonnier

Acte II
de Michel Le Bourhis

Série noire sur le *Chérie Noire*
de Jean-Paul Nozière

Vers des jours meilleurs
de Marc Cantin

L'Ogre blanc
de Jean-François Chabas

Pouvoir se taire, et encore
de Marie-Sophie Vermot

Star-Crossed Lovers
de Mikaël Ollivier

Les Carnets de Lily B.
de Véronique M. Le Normand

La Saison des chamailles
de Véronique M. Le Normand

Le Roman de Noémie
de Véronique M. Le Normand

Retour à Douala
de Marie-Félicité Ebokéa

À-Pic
de Frank Secka

Brooklyn Babies
de Janet McDonald

Top-rondes
de Janet McDonald

Des tifs et du taf
De Janet McDonald

Le garçon qui aimait les bébés
de Rachel Hausfater

Des filles et des garçons
Collectif

Route 225
de Chiya Fujino

Une poignée d'argile
de Marie-Sabine Roger

Ci-gît, pour l'éternité
de Jean-Paul Nozière

Faire le mort
de Stefan Casta

C'est loin, Valparaiso ?
de Bernard Friot

Les Fous d'oliviers
de Claude Clément

La Fille du squat
de Ragnfrid Trohaug

Le Quatrième Soupirail
de Marie-Sabine Roger

Pourquoi ça fait mal ?
de Rachel Hausfater

Mais il part...
de Marie-Sophie Vermot

Lise.
de Corinne Lovera Vitali

La Vie comme Elva
de Jean-Paul Nozière

Deux fois rien
de Marie-Sophie Vermot

Frères de sang
de Mikaël Ollivier

Havre de paix
de Fujino Chiya

Un été 58
de Jean-Paul Nozière

Point de côté
de Anne Percin

Deux sœurs en décembre
de Shaïne Cassim

La Théorie de la relativité
de Barbara Haworth-Attard

Rien à perdre
de Marie-Sophie Vermot

Tout doit disparaître
dc Mikaël Ollivier

Rien à perdre
de Marie-Sophie Vermot

Nous sommes tous tellement désolés
de Jean-Paul Nozière

Frères de rap
de Janet McDonald

Quand elle sera reine
de Rachel Hausfater

Et tu te soumettras à la loi de ton père
de Marie-Sabine Roger

CET OUVRAGE A ÉTÉ ACHEVÉ D'IMPRIMER
NI REPRIS NI ÉCHANGÉ POUR LE COMPTE
DES ÉDITIONS THIERRY MAGNIER
PAR L'IMPRIMERIE TECHNIC IMPRIM
À 91 LES ULIS EN MARS 2008
(3e ÉDITION) DÉPÔT LÉGAL : MAI 2007

Imprimé en France